Nicoletta Giovenco

IL SEGNALIBRO

Romanzo

Ho un ritmo interno rapido, mia madre ha sempre detto che sono accelerata e che le faccio venire le vertigini ogni volta che entro a casa sua. Me lo diceva da bambina e continua a farlo oggi che sono adulta. Nel momento in cui varco la soglia dell'appartamento dei miei genitori sento entrambi dire: dove corri, già te ne vai, siediti un minuto, levati la giacca, "esci dal frigo".

Quest'ultima frase è riferita alla mia abitudine di fiondarmi in cucina alla ricerca di cibo preparato da mia mamma. È una sorta di adesione al passato tramite il palato, la mia regressione automatica ad uno stato infantile che viene mutuata dal gusto dei piatti materni e dagli odori antichi. Mi uniformo al modo che ha mio padre di rivolgersi a me, identico a quando avevo dieci anni. Il tempo del suo atteggiamento genitoriale è congelato e statico ed io, per non scontentarlo, mi adatto.

Vorrei, tuttavia, spiegargli che non sono accelerata e confusionaria. Io sono vivace.

Sento continuamente il bisogno di essere impegnata in qualcosa e mentre me ne occupo la mia mente è già rivolta alla prossima azione da compiere. Pianifico impegni nella mia testa ed esercito altro con il corpo. Ho delle routine precise che scandiscono le giornate dal mio risveglio, non in modo rigido perché di fronte all'imprevisto riformulo le abitudini in un nuovo incastro e mi compiaccio molto di questa mia versatilità (sono convinta che sia l'esito di anni di partite a Tetris).

È il modo con cui affronto la vita, è quello che mi fa sentire di avere un cervello funzionante ed un corpo vitale. In questa maniera, se devo essere onesta, saturo i miei spazi ed occulto i miei drammi sospesi ed irrisolti.

È una tecnica di sopravvivenza appresa dalla persona che più ho amato nella vita, a cui sono fiera di somigliare nei modi e nei tratti.

Il nonno Nicolò è stato, sin da piccola, il mio rifugio ed il mio complice. Eravamo così affini nel temperamento da comprenderci con uno sguardo e, negli anni passati quotidianamente accanto a lui ho imparato molto e cercato di somigliargli il più possibile. Per molto tempo, è stato un confidente per me, certamente fino a quando l'adolescenza non mi ha imposto di filtrare e selezionare alcuni aspetti della mia imbarazzante vita emotiva mantenendo dei segreti che lui coglieva, specialmente quando sfociavano in un dramma umorale che mi rendeva odiosa e scontrosa, accompagnandomi per mano in questi momenti difficili. Avevo i miei segreti, lui i suoi ed ognuno rispettava in silenzio questo spazio muto.

D'altronde chi non ha segreti?
Non vi capita mai di osservare le persone accanto a voi ed immaginare cosa pensano, dove vanno, cosa hanno fatto, perché hanno una determinata espressione o quel particolare tono di

voce con cui si rivolgono agli altri? È irrilevante che si tratti di conoscenti, amici, parenti o sconosciuti. Nessuno conosce la verità altrui, nemmeno chi ci dorme accanto.

Osserviamo superficialmente la gente, ci colpisce l'apparenza e, a partire da questa, attribuiamo un senso alle azioni e per esteso alle esistenze. Giudichiamo pur non sapendo nulla, semplifichiamo le loro ragioni mentre invece bisognerebbe sospendere il giudizio.

L'ho imparato dal nonno che mi invitava a immaginare, dietro la scelta di un libro dei suoi clienti, alla loro cortesia, all'abbigliamento, quale bisogno ci fosse, quale fosse la storia personale, quali scelte. Cosa custodiva chi entrava nel suo negozio? Mi ha insegnato ad andare oltre le apparenze, a superare la superficialità dei rapporti.

Bisognerebbe rileggere i momenti del proprio passato avendo in mente come ciò che ci appare può nascondere un piccolo segreto, qualcosa che è noto solo a chi è dentro quel momento. Tante cose della mia esistenza di bambina hanno assunto negli anni significato differente, ricordi legati alla mia vita di unica figlia e nipote che osservava ed immaginava questo movimento di adulti parecchio umorali.

Nicolò mi ha regalato una chiave di lettura, una nuova prospettiva per interpretare la vita, per vivere. Ha, in un certo senso, giustificato il mio stare al mondo in modo simile al suo con l'attenuante della genetica e della somiglianza.

Il nonno è un libraio o meglio lo era perché è morto e la libreria non esiste più. Nella casa in cui ha vissuto ha ricreato una miniatura di quello spazio in cui ha trascorso la sua vita, io gran parte della mia, dove si è tenuto impegnato fino a quando non ha deciso che non c'erano più libri da catalogare e ricordi da sistemare per essere tramandati.

Aveva un piccolo negozio, "Il segnalibro" (nome legato alla sua fissazione di cercare, tra le pagine dei libri usati, tracce del vecchio proprietario che lo aiutassero a creare una storia su chi fosse la persona che lo aveva già sfogliato).
Era un luogo accogliente e caldo, con le scaffalature di legno scuro, i divani e le poltrone su cui potersi accomodare a leggere e parlare. Recarsi in libreria prevedeva una sorta di rituale che scandiva la visita dei clienti, un passaggio consisteva nel servirsi una tazza di the da gustare lentamente alla ricerca della trama adatta.
Era zeppo di volumi fino al soffitto e la scala scorrevole, che utilizzava per stiparli in alto, era il mio gioco quando andavo a trovarlo di pomeriggio dopo avere fatto i compiti. Vendeva anche libri usati, attività a quei tempi originale (oggi si trovano diversi negozi che smerciano testi di seconda mano) ed i suoi clienti affezionati lo andavano a trovare per acquistare e vendere ma soprattutto per fare due chiacchiere con lui che dispensava consigli letterari e non solo.

Era una sorta di confidente, custodiva i racconti di queste persone che in maniera naturale si avvicinavano a lui.

Da ragazzo era stato molto in giro e questo gli aveva permesso di arricchirsi di esperienze, di aneddoti che lo avevano guidato nella creazione di quel mestiere di libraio che svolgeva con entusiasmo in modo del tutto unico. Vivere all'estero gli aveva dato l'opportunità di allargare il suo sguardo sul mondo, ascoltava musica che i suoi coetanei, legati alle canzoni sanremesi, non conoscevano e, entrando in libreria, ti accoglieva e faceva sentire altrove.

Era bello, mi è sempre sembrato giovane. I nonni degli altri bambini, ai miei occhi, erano degli anziani scoloriti che con passo stanco accompagnavano i nipoti per il quartiere. Nicolò era davvero lontano dall'immagine del nonno, sarà stato il suo abbigliamento colorato e giovanile (mai ridicolo), la bici con cui andava in giro o quel sorriso aperto e contagioso che metteva il buonumore a tutti. Era giovane nella gestualità, in quel suo modo infantile di scostarsi i capelli dalla fronte scuotendo la testa e nel suo incedere con passo saltellante e rapido. A guardarlo da dietro, a cavallo della bici, lo si sarebbe scambiato per un uomo molto più giovane.

Non era esente da momenti ombrosi, durante i quali rimaneva garbato con tutti ma il suo sguardo si velava di tristezza ed i suoi occhi, solitamente luminosi, diventavano liquidi e con una piega verso il basso.

All'interno del negozio, avevo un angolo con uno scrittoio, dei libri da colorare ed altri da sfogliare. Quando ero piccola papà mi accompagnava a trovare il nonno e, mentre loro discutevano, io sceglievo qualcosa da poter portare a casa e farmi leggere prima di andare a letto. Non amavo la lettura, mi piaceva ascoltare, annusare i libri e sfogliarli. Quando stavo al negozio ero attratta dalle persone che entravano e si intrattenevano con lui e, di ciascuna, chiedevo che mi raccontasse una storia. Probabilmente, il più delle volte, inventava per il piacere di incuriosirmi e, con il tempo, iniziammo insieme a costruire vicende legate agli avventori sulla base delle loro scelte o, se portavano qualcosa da rivendere, andavamo alla ricerca di una trama da narrare.

Poteva essere uno scontrino, la lista della spesa, il nome con la data, un biglietto dimenticato al suo interno. Ogni tanto capitava di trovare addirittura delle dediche o cartoline con luoghi e nomi da cui nascevano i nostri piccoli romanzi.

Il nonno, contrariamente agli altri adulti che cercavano di educarmi, non si crucciava del mio scarso interesse per la lettura. Riteneva che, prima o poi, la scintilla con la letteratura sarebbe scoccata, al momento trovava molto affascinante il mio modo di aprire i libri con delicatezza, annusarli e sfogliarli. Crescendo mi aveva affidato il compito di occuparmi dell'acquisto dei libri usati. Dovevo controllarne lo stato, valutare se fossero vendibili e sistemarli nella sezione dedicata. Sapevo che aveva scelto questa mansione per permettermi di parlare con i clienti e chiedere loro le ragioni per le quali si liberavano di un dato libro, se lo avessero letto e in che modo lo valutassero ma, soprattutto, potevo cercare all'interno il segno lasciato dal lettore precedente per giocare con lui alle vite degli altri.

Entrambi credevamo che i libri sfogliati da altre mani e su cui avessero posato gli occhi persone diverse contenessero una magia legata ai loro vissuti (non regalo mai libri per caso, sono sempre scelti con amore e devo averli letti anch'io perchè la trama deve necessariamente trasmettere un messaggio ed è per questo che regalo libri solo a chi amo davvero).

Non appena qualcuno entrava, attendevo che si fosse ambientato e rilassato e, sospendendo le questioni del mondo là fuori, si dedicasse alla ricerca del libro adatto all'umore del momento che permettesse di viversi in un altrove letterario. Li osservavo assorti, ne sbirciavo le espressioni allo stesso modo in cui curiosavo dentro le case ogni volta che, dai mezzi, riuscivo a scorgerne un angolo. Non è curiosità molesta ed invadente, è che davvero mi piacciono le storie che raccontano i luoghi, i libri, gli oggetti che ci circondano e caratterizzano.

La nonna era estranea a questo mondo, di conseguenza lo era anche a me. Era una donna minuta e nevrotica, scattosa e sempre in tensione. Polemica fino all'inverosimile e bigotta. La guardavo ed ascoltavo senza comprendere quale fosse l'anello di congiunzione con il nonno, così libero e spartano, tanto aperto a tutti. Mi sfuggiva e, negli anni, mi ero data una spiegazione secondo la quale li legava il bisogno della nonna di controllare qualcuno e quello del nonno di fermarsi e radicarsi in un luogo dopo aver sperimentato ciò che desiderava. Lui la trattava come un esserino delicato, non la urtava e cercava sempre di soprassedere sulle sue manie. La assecondava con amore lasciandole il controllo della loro vita comune laddove "Il segnalibro" era la sua sfera ed il suo mondo. Dovevo volerle bene, legami di sangue con ingiunzione all'affetto ma io, in realtà, non solo non avevo alcuno slancio nei suoi confronti ma non le volevo bene. Punto.

La trovavo antipatica, tiranna con il nonno e gelosa fino al midollo di tutto ciò che non poteva condividere con lui (pure di me). Criticava il modo confidenziale che aveva di legare con "la fauna umana" orbitante intorno al negozio e che definiva volgare, poverina, pazza, invadente a seconda dei casi.

Quando feci dieci anni i miei genitori, entrambi psicoanalisti (aiuto!) vinsero un concorso in un paese poco distante da quello in cui abitavamo ma abbastanza lontano da impedirgli di rientrare a pranzo per occuparsi di me. Inoltre, erano impegnati anche nell'attività clinica che svolgevano privatamente. Praticamente li vedevo molto poco.

Fu così che rischiai di trascorrere i miei pomeriggi, dalla quinta elementare al liceo, a casa con la nonna. Fortunatamente mi venne in soccorso mio padre che, della fatica di vivere a contatto con la sua pesantissima madre aveva grande esperienza, addusse una serie di motivazioni alcune pratiche ma per la maggior parte di pura fantasia proponendo che, invece, andassi in libreria lasciando la nonna da sola e libera dalle incombenze scolastiche.

Devo ammettere che non sollevò alcuna obiezione. Probabilmente, nemmeno per lei la prospettiva di occuparsi di me risultava allettante.

Iniziò così il mio decennio al negozio dove mi recavo subito dopo pranzo assieme al nonno. Alzavamo assieme la saracinesca, sistemavamo le nostre cose nel salottino sul retro ed ognuno si dedicava alle proprie faccende.

In linea teorica, molto poco pratica, il mio compito principale sarebbe stato quello di studiare. Per invogliarmi a farlo, mi era stato creato un piccolo studio con una bellissima scrivania d'epoca ed una lampada vintage verde che, secondo il nonno, avrebbero dovuto creare la giusta atmosfera per far lo studio.

Devo dire che funzionava, per poco tempo ma funzionava. Mi sentivo una piccola Jo March moderna e resistevo concentrata sui libri fino a quando il primo avventore non varcava la soglia del negozio. A quel punto, abbandonavo ogni interesse per le questioni scolastiche e mi catapultavo di là a rendermi utile.

I risultati del mio scarso impegno scolastico venivano a galla nelle periodiche riunioni con i genitori dalle quali mia madre usciva con le ossa rotte (tipica descrizione melodrammatica utile a definire lo stile genitoriale di una mamma che si sente fallimentare a casa ma di grande presa con i figli altrui).

Ciclicamente, a conclusione di quadrimestre, i miei voti a malapena sufficienti innescavano litigi a catena con scaricamento delle rispettive responsabilità. Ovviamente, il dito veniva puntato sul nonno il quale avrebbe dovuto vigilare su di me. Lo scenario invariabile era quello della cucina di casa dei nonni, il giorno preposto era la domenica e la disposizione degli attori era la seguente: nonna appiccicata ai fornelli intenta a mescolare qualunque cosa utile a scaricare la rabbia (chiaramente per lei la questione era centrata sulla competizione con le sue amiche in termini di vanto di nipoti tutti eccellenti, di me gliene importava ben poco), papà accanto al frigorifero, mamma sulla soglia della camera ed il nonno seduto vicino al tavolo. Io ad origliare dal corridoio e mio padre che, per interposta persona, si faceva portavoce. Il tema era - "Papà,

Agnese non fa mai un cazzo, la manderemo al doposcuola!"-.
Orrore e panico.

Il lunedì pomeriggio successivo, cadeva su di me il poco
convinto cazziatone del nonno il quale, per amore di pace, si
prestava a farmi ripetere e mi aiutava a recuperare e pianificare le
interrogazioni (sì, mi offrivo addirittura volontaria).
Da parte mia, crescendo, imparai ad applicarmi allo studio il
minimo sindacale ad avere voti decenti (sei e mezzo poteva
considerarsi un successone) scongiurando il rischio di dover
ricorrere ad insegnanti privati che mi avrebbero tenuta lontana
dalla libreria, spalleggiata costantemente dal nonno che amava
ripetere che "i cavalli buoni si vedono nella corsa lunga".
Per incentivare il mio interesse, quindi, mi vennero assegnate
delle mansioni alle quali potevo dedicarmi dopo la supervisione
dei compiti per il giorno dopo e, una volta svolte, mi fruttavano
una paghetta settimanale.
Mi occupavo di sistemare i libri sugli scaffali, li spolveravo con
cura (annusandoli ogni tanto) e preparavo il the o il caffè
rigorosamente americano perché, secondo il nonno, si creava
un'atmosfera anglosassone che rilassava quelli che cercavano
pace nelle pagine di un libro.
Avevo piena libertà di movimento, tuttavia esistevano due
divieti assoluti: aprire la cassetta destinata ai clienti e spostare i
libri che il nonno metteva da parte in una scaffalatura sul retro
del negozio.

La "buca delle richieste e recensioni" era la bussola editoriale della libreria dove i clienti potevano lasciare un biglietto con una richiesta, un ordine per una novità, una critica o semplicemente un pensiero per noi. Il nonno la svuotava una volta a settimana, in mia assenza, e conservava alcune cose in una carpetta color carta da zucchero che teneva nel cassetto della scrivania. Chiuso a chiave.

In realtà, alcuni di questi biglietti erano anche indirizzati "ad Agnese" (io), così me li faceva trovare sul bancone, sotto il registratore di cassa, imbustati.

I libri intoccabili erano un mistero ancora più irrisolvibile del rituale della buca delle recensioni. Non coglievo alcun criterio di catalogazione in quell'insieme vario di volumi, nemmeno di tipo cromatico (sì, per un certo periodo ho avuto la fissazione per l'ordine cromatico anche delle mutande nel cassetto poi sono rinsavita). Quando il nonno decise di chiudere la libreria scelse di conservare la buca delle richieste e recensioni ed i libri, dall'ordine scriteriato, vennero sistemati nello studio di casa dove aveva riprodotto un ambiente simile a quello del negozio e dove continuò a passare la maggior parte del suo tempo dopo la pensione. In quella circostanza, mi concesse l'onore di aiutarlo a metterli in ordine e mi svelò quale fosse stato il principio di sistemazione originale.

I pranzi della domenica erano una specie di sommario delle relazioni familiari. A domeniche alterne si andava dai nonni paterni, domenica free e nonni materni, così per anni.

Io, per non discriminare nessuno, mal tolleravo entrambe le combinazioni preferendo di gran lunga le giornate del signore "parental free" e le serate con gli amici dei miei genitori portatori malsani di figli più o meno coetanei. La divisione spontanea in gruppi di pari avveniva dopo cena. Noi ragazzi chiusi nella cameretta del padrone di casa ed i nostri genitori, regrediti in modo davvero imbarazzante a livelli di umorismo e goliardia tardoadolescenziale, bivaccavano sui divani e sui tappeti (giusto per darsi un tono spartano mentre in realtà mi parevano tristemente radical chic).

Il convivio domenicale, invece, avveniva in una sorta di recrudescenza infantile di entrambi i miei genitori. I due affermati psicoanalisti, professionisti in carriera si ritrovavano catapultati all'indietro in schemi fossili in cui venivano appellati con nomignoli fastidiosi e ripresi se qualcosa nei loro progetti e racconti non corrispondeva alle aspettative dei miei nonni. Chiaramente il nonno Nicolò lasciava sua moglie blaterare liberamente salvo poi convocare suo figlio al negozio per parlare serenamente ed in modo costruttivo (cosa che la nonna era incapace di fare). I miei nonni materni, insegnanti in pensione, erano meno bigotti di nonna Celeste e, cosa non priva di spessore, avevano altri interessi su cui concentrarsi.

In queste occasioni alternavo il ruolo di spettatrice (ridendo anche molto) ad oggetto delle loro attenzioni. Quello che mi colpiva era la visione differente che avevano di me le nonne, che mi descrivevano con argomentazioni e stili talmente distanti in base ai quali incarnavo una sorta di disturbo bipolare derivato dalle critiche, suggerimenti e consigli che mi rivolgevano le due signore.

Inutile dire che nessuna delle due ha visto realizzato il sogno di vedermi insegnante o mantenuta moglie di un uomo facoltoso (quello che avrei dovuto trovare non andando mai in libreria dal nonno).

La gente mi piaceva a distanza. Amavo guardarla, ascoltare e rispondere rapidamente quando mi veniva chiesto qualcosa. I contesti in cui mi sentivo a mio agio, oltre all'ambiente della libreria dove ero la padrona, erano quelli domestici con poche persone.

Ero socievole a modo mio, dovevano esserci precisi presupposti per farmi godere la compagnia.

Cene o pranzi, passeggiate. Niente di elegante e formale, iniziava a mancarmi l'aria in luoghi troppo affettati e intrisi di convenevoli. Inoltre, le situazioni in cui intorno a me si muovevano, parlavano e chiedevano la mia attenzione più di sei persone mi mandavano in confusione che fronteggiavo sistemandomi per conto mio in un posto comodo dove fungevo da tappezzeria. Bere mi vivacizzava ma l'alcolismo non era esattamente nelle mie corde. Fumare ancora meno, dopo l'iniziale botta logorroica accompagnata ad irrefrenabile fame chimica tendevo ad addormentarmi di un pesante sonno dal quale mi riprendevo vergognosa e molto più asociale del mio abituale essere.

Sicuramente, però, questa prospettiva apparentemente passiva della mia partecipazione sociale era quella che preferivo. Osservavo tutti, notavo i movimenti tra le persone e li conservavo nella memoria. Ancora oggi, ho amici che, per ricordare vicende del passato, si rivolgono a me che sono diventata una sorta di memoria storica.

Forse perchè reggo poco lo sguardo diretto di chi mi parla e lo distolgo per prima dopo qualche minuto, ho scelto di avere a che fare con gli animali e diventare veterinario sottovalutando un fatto elementare: le povere bestie non arrivano mai sulle loro zampe in ambulatorio, sono sempre ostaggio di un umano affettivamente disturbato e strabordante emotività con il quale mi devo necessariamente intrattenere. Spesso rifletto sulla necessità di affiancare alla mia figura uno psicologo di supporto ai padroni.

Negli anni dell'università sono stata lontana dal mio paese e dal negozio del nonno. Tornavo a casa due volte al mese ma noi due ci sentivamo ogni mattina. Mi chiamava sempre allo stesso orario, prima di uscire per andare ad aprire la libreria e la domanda di rito era "Agnesuzza, che programmi hai oggi?".

Con il tempo, per potermi aggiornare con calma sulle presenze del negozio, sulle persone note e quelle di passaggio, imparò ad usare un computer così iniziammo un carteggio via mail dove, come quando ero piccola, da un indizio su qualcuno inventavamo una storia. Non avevo molto tempo, mi ero messa a studiare sul serio però, a questo momento serale, mi dedicavo prima di dormire indipendentemente dall'orario.

Ad ogni mio rientro a casa, assieme alle provviste alimentari che mi caricavano in auto (si sa le cose acquistate a km zero sono ovviamente più genuine di quelle delle città, sarei morta intossicata certamente a sentire i miei parenti) c'era lo scatolone contenente i libri che sceglievo con il nonno e quelli che lui selezionava per me e che avevano sempre una trama adattata alla mia fase lunare. Le letture scelte da lui mi risuonavano dentro, mi consolavano, davano forza, spronavano e lui sapeva cosa doveva scuotere al momento giusto. Era la sua magia, su questa capacità costruiva le relazioni importanti e riceverli in dono rappresentava il modo più affettuoso ed adatto ai miei modi schivi (ed anche un pò schifi).

Come il nonno aveva predetto, nel periodo in cui ero scolasticamente la spina nel fianco di ogni adulto, a diciotto anni avevo scoperto la lettura. Il fascino di leggere per sopravvivere alle serate solitarie nei periodi in cui non avevo voglia di contatti umani per varie ragioni. I libri mi salvavano, lo fanno ancora, dalla tristezza e dai mutevoli tormenti esistenziali.

Iniziai con un romanzo di Gabriel Garcia Marquez, continuai ossessivamente con tutta la sua opera e proseguii con la letteratura ispanoamericana.

Mi misi a leggere moltissimo.

La mia vita sociale non era tipicamente universitaria.

Frequentavo le lezioni ma stavo parecchio per conto mio, mi succedeva di intercettare un mio simile che si avvicinava e con cui trascorrevo il tempo libero. Per lo più, tuttavia, oscillavo tra l'essere un animale sociale quotidiano a periodi lunghi in cui tendevo a stare a casa senza mai avvertire noia. Avevo la fortuna di potermi permettere un monolocale, per cui non dovevo condividere lo spazio con il viavai di gente che entra ed esce dalle stanze di appartamenti in condivisione. Negli anni di liceo avevo effettivamente lavorato mezza giornata al negozio del nonno quindi ero riuscita a risparmiare qualcosa che, al momento di scegliere la sede universitaria, mi aveva dato la possibilità di vivere subito per conto mio.

I miei genitori contribuivano pagando le tasse, ad ogni esame sostenuto ricevevo dei soldi e, da parte mia, cercavo di darmi da fare con lavoretti saltuari. Il volantinaggio era quello che occasionalmente mi garantiva delle entrate al bisogno quando dovevo pagare l'affitto o le bollette. Nei fine settimana mi capitava di lavorare in cucina in una birreria. Mi sentivo alleggerita dal peso di dover rendere conto del ritmo dei miei esami e dalla presentazione del libretto universitario con le materie sostenute come, invece, sentivo raccontare ai miei colleghi.

Da sola leggevo, cucinavo, studiavo e avendone voglia organizzavo delle cene. Quelle in cui mi sentivo al posto giusto.

Mi sono laureata alla prima sessione utile del mio anno, con il massimo dei voti ed un entusiasmo inaspettato quanto il voto. Dopo aver fatto la piccola schiava in un ambulatorio accanto l'università, decisi di tornare alle origini, ed aprii il mio nella stessa strada in cui il nonno aveva la libreria che rimase aperta ancora un pò dopo il mio rientro.

In un certo senso, avevamo ripreso alcune piccole consuetudini. Ero molto impegnata con il mio lavoro ma avevo orari diversi dal negozio perciò tutte le mattine riuscivo a passare da lui che mi faceva trovare la colazione. Caffè e sigaretta, pettegolezzi e consigli ed iniziavano le mie giornate. Ho avuto delle relazioni, erano quelle che mi spingevano fuori dal mio guscio. Trovavo emozionanti le fasi iniziali dei rapporti, la conoscenza e la curiosità dell'altro, il desiderio di scoprire delle affinità ma tutto aveva sempre una ciclicità ricorrente. Passato un periodo di due anni di grandi coinvolgimenti e dedizione perdevo interesse, trovavo qualcuno che rispondeva meglio ad un bisogno emergente e, dopo qualche mese di accavallamento, passavo alla storia successiva. Non ero esattamente una fedifraga seriale, mi dispiaceva ferire l'altro perché accade regolarmente che, quando ti allontani da qualcuno che magari fino a quel momento ti ha considerata più o meno scontata come un soprammobile impolverato, magicamente inizia a divenire adesivo e trovare in te ogni pregio e qualità indispensabile al suo apparato respiratorio. Le mie storie erano così. Facevo in modo che fossero così, la verità.

Il nonno ascoltava sorridendo e spesso mi diceva che non tutti anzi che quasi mai troviamo qualcuno che soddisfi pienamente e sempre i nostri bisogni, che esistono diverse forme d'amore che possono convivere senza urtarsi, scontrarsi, incontrarsi ed è una fortuna rendersene conto ed ancor di più riuscire a realizzarlo. Io mi domandavo quali fossero le forme di amore in cui lui trovava gioia ed immaginavo si riferisse ai libri, agli amici, alla sua amata bici. Ovviamente escludevo la nonna, continuavo a trovarla antipatica. Conoscere, invece, qual era la forma di amore che per anni lo aveva accompagnato servì sia a dare un senso ai suoi occhi gioiosi che a giustificare quelle giornate cupe in cui si induriva tutto e appariva con lo sguardo teso e la muscolatura contratta.

La nonna è morta piuttosto giovane, il suo livore e le sue innumerevoli rigidità l'avevano fatta ammalare e morire in un periodo fortunatamente breve. Nel tempo della sua malattia studiavo ancora, non ha nemmeno avuto il piacere/dispiacere di vedermi laureata in questa strana medicina rivolta agli animali.

Dopo essere rimasto vedovo, il nonno fece dei piccoli cambiamenti a casa.

La prima cosa che realizzò fu spostare il soggiorno nella camera da letto matrimoniale per ricavare un grande studio in cui poter trasferire e ricreare un Segnalibro in miniatura. Prima o poi avrebbe chiuso la sua attività perciò necessitava di spazio per accogliere alcuni mobili, libri e scaffalature. Non pensò mai di cederlo in gestione.

La sua camera da letto da sposato, ormai fuori moda, venne regalata e lui si trasferì nella cameretta di mio padre dicendo che per dormire non bisognava avere grandi stanze.

Quando il nonno decise di chiudere il negozio le nostre abitudini cambiarono nel senso che, invece di vederci ogni mattina per la colazione, andavo a cena da lui una volta a settimana. Naturalmente, le nostre chiacchierate rimanevano telefonicamente quotidiane e, ogni tanto, passava dall'ambulatorio a farmi una visita. Le cene erano per noi due, con qualche intrusione quando frequentavo qualcuno per più di un mese. Non era un esame per averne il consenso, mi piaceva condividere le emozioni che provavo ed un suo parere certo non guastava. Aveva sempre saputo cucinare, d'altronde prima di accasarsi era stato per diversi periodi da solo ed aveva vissuto lontano dalla casa paterna subito dopo la maturità. Contrariamente agli uomini della sua generazione non era passato dall'ala materna a quella coniugale perciò era perfettamente in grado di accudirsi. Cucinava i miei piatti preferiti e, se la cena cadeva in un giorno festivo, uscivamo per fare la spesa e preparavamo a quattro mani.

Avevo circa trent'anni quando mio nonno mi raccontò la sua storia segreta. Attraversavo una fase in cui ero fermamente convinta di non volere assolutamente un bambino rimandando di un decennio. La mia idea degli anni a seguire era legata ad una serie di traguardi professionali con un contorno di solidità sentimentale fondata su equilibri immodificabili. Immaginavo quindi che avrei avuto una vita già fossilizzata, in cui i figli avrebbero assunto il potere accentratore togliendone alla coppia e la fatica, oltre alla supposta gioia di crescerli, ci avrebbe trascinato dentro una spirale di stanchezza in cui desideri solo che le giornate scivolino verso sera ed il lavoro ti gratifichi e tenga fuori casa. La mia visione della coppia e della famiglia aveva, in modo palese, subito l'influenza suggestiva del matrimonio dei miei genitori ed io desideravo avere un modello distante da loro. Questo però mi era rimasto incollato addosso ed io cercavo in ogni modo di evitare che mi accadesse. Forse per questo ho scelto di non sposarmi, mi sembrava di accondiscendere ad un dovere.

Ho avuto due gemelli, Nicolò e Lucia, il nonno non è arrivato a vederli nascere.

La storia segreta del nonno inizia nel suo trentesimo anno.

Lucia è il rapporto più vicino ed autentico mai sperimentato nella mia infanzia. Rappresenta l'elemento che ha dato un senso alla mia vita relazionale assieme al nonno.

Era un'illustratrice di libri per l'infanzia, dipingeva gatti per diletto e coltivava fiori sul suo balcone. La ricordo molto bene, ho in mente la sua immagine la prima volta che varcò la soglia della libreria ed io ne venni quasi stregata. Non era bella, era affascinante con i suoi vestiti colorati spesso a fiori o a pois. Portava i capelli a caschetto, con una vezzosa frangetta corta. Quando parlava trasmetteva serenità, non tanto per il contenuto delle sue parole quanto per il tono e lo sguardo. Aveva gli occhi scuri, intensi e pieni e quando ti rivolgevi a lei era come se al mondo esistessi solo tu. Era tale la sua capacità di dare attenzione ed accoglierti.
Il nonno la conobbe molti anni prima ma io feci caso a lei un giorno che passò a cercare una pubblicazione di foto di gatti e mi raccontò del suo mestiere. Il libro non era disponibile così lo ordinammo e cominciò a frequentare spesso il negozio quando ero lì.
Le avevo estorto la promessa di insegnarmi a disegnare così passavamo del tempo nel retrobottega e la cosa pareva essere gradita pure a lei.
Era un'assidua utilizzatrice della casella delle recensioni.

Mi chiedevo dove avesse tenuto nascosta questa creatura deliziosa, come mai io non ne fossi stata resa partecipe. Non l'aveva mai nominata, non era mai apparsa in libreria ma era evidente che tra loro c'era intimità, una specie di confidenza antica e rodata.

Erano amici, li vedevo ridere, sfiorarsi e ritrarsi quando il mio sguardo cadeva su di loro e solo dopo che conobbi la storia mi resi conto che avevo assistito ad un mondo parallelo di amore ed amicizia che andava avanti da decenni e di cui nessuno, a parte loro due, sapeva nulla.

Quando si decise a condividere con me questo pezzo di vita sapeva già di essere malato. Gli avevano diagnosticato una pancreatite che celava i sintomi di qualcosa di più grave e nefasto. Se ne andò via in pochi mesi che furono quelli in cui mi mise in mano centinaia di biglietti, cartoline, lettere, fotografie e libri contrassegnati da una "L" che indicava una lettura condivisa perché, in questa maniera, leggendo le stesse cose potevano sempre sentire di essere uniti dalla trama e dall'atmosfera suscitata da quelle pagine.

Per tantissimi anni erano stati emotivamente accanto, legati da un grande sentimento che aveva trovato una dimensione di normalità ed abitudine nei piccoli riti, negli sguardi e nei momenti rubati alle loro vite legittime. Avevano costruito una fortezza, non una bolla di sapone effimera in cui stordirsi, dove rintanarsi per trovare le energie necessarie ad affrontare il quotidiano scorrere degli anni, della vita nostra e di chi ci circonda. Ed era accaduto per tentativi ed errori, cadendo, ferendosi e sperimentando vicinanza e distanza fino a quando non sono riusciti a trovare la misura perfetta per tenere assieme queste due anime perfettamente incastrate.

Nicolò e Lucia hanno vissuto una storia che può apparire non convenzionale, poco ordinaria. Forse è così ma chissà quante altre persone celano un racconto simile che non svelano?

Da quando il nonno era andato in pensione mi capitava spesso di trovarlo affaccendato davanti al computer, circondato da fogli che metteva in ordine e numerava. Una sola volta chiesi cosa fosse tutto quel casino e mi rispose con un sorriso enigmatico che stava scrivendo un racconto e gli serviva mettere ordine agli eventi. Pensai che la demenza stesse marciando tra i suoi neuroni e lasciai cadere l'argomento.
Una mattina mi diede un raccoglitore, prese un biglietto e mi chiese di leggere ad alta voce.
"Quando mi sfiori, se per caso ti avvicini e mi tocchi la mano io divento liquida. Mi sciolgo e mi si scalda il cuore. Ecco, questa è la mia emozione e credo che corrisponda a ciò che definisco un sentimento d'amore". Rimasi in silenzio, ero così colpita da quelle parole che non seppi dire nulla ma lui cominciò a raccontarmi di questa donna che conosceva da bambino e che,

per puro caso, aveva incontrato quando le loro vite avevano assunto una forma definitiva. Mi disse che era il primo biglietto che Lucia gli aveva lasciato imbustato nella casella delle recensioni, non era inaspettato ma se lei non avesse avuto il coraggio di rendere reale quel sentimento che li univa da un pò e che lui, per pudore o timore di apparire fuori luogo, non sapeva esternare avrebbero sprecato e accantonato quello che si rivelò il legame più saldo delle loro rispettive esistenze.

Non mi rivelò il nome di questa donna per diverso tempo, voleva darmi degli indizi per far aderire il mio ricordo di lei alla sua narrazione.

Lucia era una sua coetanea. Vicini di casa, compagni di scuola, con i percorsi di crescita intrecciati per la sola coincidenza di abitare nello stesso quartiere. La guardava a distanza perché, racconta, lei non faceva caso alla sua presenza. Non lo degnava di uno sguardo così presa da ragazzi più grandi che la corteggiavano. Crescendo si erano persi di vista, ognuno per la propria strada. Il nonno lontano dall'Italia, quando torna conosce la nonna e la sposa senza i lunghi fidanzamenti tipici di quel periodo.

Alla fiera del libro di Torino si rivedono, lui la nota e riconosce immediatamente. Non lo immagino timido ma quello che riferisce è di averla osservata a distanza indeciso se avvicinarsi o meno ma, come accadrà tante volte nella loro relazione, lei lo anticipa andandogli incontro. Lo fa sorridendo, lo abbraccia stretto, felice di quella inaspettata vista.

Lei vive in città, si è sposata ed ha una bambina che si chiama Bianca. Scrive racconti per l'infanzia ma spera di poter passare alle illustrazioni che si diverte di più a realizzare. Trascorrono la giornata tra i libri, aggiornandosi sulle famiglie e gli amici in comune.

Salutandosi, come se dovessero rivedersi il giorno successivo, nessuno dei due pensa di non avere idea di come contattare l'altro. Con grande rammarico si perdono di vista ancora una volta. Ammette di averla cercata, sentiva di aver lasciato qualcosa in sospeso e si scopriva a cercarla per strada sentendone la voce. I suoi familiari vivevano sempre nella casa accanto a quella dei miei bisnonni, tuttavia lei non vi faceva mai ritorno.

Un anno dopo, senza preavviso, entra in libreria. Il nonno era arrampicato ad una scaffalatura, intento a mettere ordine. Aveva messo sul fuoco il caffè, come ogni mattina all'apertura, lui voleva la moka non il caffè americano. Ancora oggi l'aroma della moka gli fa venire in mente quel momento, l'attimo in cui sente il campanello, quello che si azionava all'apertura della porta, e quella voce familiare che non aveva riconosciuto subito. Il caffè è associato al giorno più sorprendente della sua vita.

Lucia era tornata, aveva ereditato la casa in cui era cresciuta e scelto di trasferirsi nel paese delle sue origini stufa della città e, in vista dell'adolescenza della figlia, aveva creduto potesse essere più semplice gestire il suo lavoro e gli impegni di una ragazzina in un luogo più piccolo dove tutto era raggiungibile facilmente. Lavorava da casa, alle prime luci dell'alba per godersi il silenzio e la pace del giorno che sta per iniziare. Amava quei momenti in cui ancora il mondo è immobile, quando poteva sentire i passi dei vicini, i mezzi che passavano sotto casa, quando tutto appariva talmente fermo che credeva fossero meno rumorosi che di giorno. In quelle ore era produttiva e rilassata, preparava il caffè, si occupava del gatto e, seduta nel suo studio, disegnava i suoi animali. Il gatto sempre in braccio le trasmetteva una carica che solo chi conosce queste bestie è in grado di comprendere ed immaginare. Quelle ore di quiete venivano interrotte dalla sveglia del resto della famiglia che segnava lo sparo della partenza.

Quella mattina, accompagnando la figlia a scuola, aveva incrociato il nonno con la sua bici e lo aveva visto legarla ad un palo davanti la libreria. Dopo aver sbrigato le sue faccende quotidiane, tornando indietro, si era fermata. Da quel giorno, avevano stabilito la routine della colazione in comune. Lui preparava il caffè e lei portava qualcosa di accompagnamento preparato a casa.

Le loro mattine erano piene di scoperte, di affinità e sintonia che credevano impossibile.

"Il nostro mondo, specialmente nei primi anni, è stato racchiuso tra le mura della libreria dove ci incontravamo con regolarità. Era agli occhi di tutti, legittimo. Lucia passava la mattina, prima dell'apertura ed andava via quando il negozio alzava la saracinesca. In quell'ora nascosta rubavamo il tempo al mondo di fuori, vivevamo una realtà solo per noi. Da soli potevamo guardarci e toccarci, vivere i nostri sentimenti liberamente mentre, nei suoi passaggi da cliente ordinaria evitavamo di essere fisicamente prossimi e di guardarci per il timore che qualcuno potesse cogliere quel guizzo di complicità e passione che ci univa a distanza. Ti avevo insegnato a intercettare le emozioni. Eri quella per noi più temibile anche se ormai in un periodo in cui eravamo padroni di noi stessi al cospetto degli altri e quando sembravamo solo dei buoni amici attempati".

I primi momenti del loro rapporto erano stati vissuti con le colazioni e poi a porte chiuse quando si erano resi conto che fremevano dalla necessità di toccarsi nonostante le circostanze.

Al principio era stato facile, spontaneo ed immediato. Ma la loro storia era inevitabilmente intrecciata con le vite degli altri. Dirsi tutto, raccontarsi le rispettive gioie e difficoltà li cementava nella confidenza e nell'intimità anche se, ciclicamente, imponeva una ricalibramento delle distanze dovute non tanto ai sensi di colpa quanto alla complicazione di amare troppo fuori e diversamente dentro casa. Questo comprendersi a vicenda ed accogliersi indiscriminatamente comportava il disagio involontario di ragionare per differenza sottolineando come ciò che li rendeva davvero appagati era il loro rapporto. C'è voluto tempo per accettare che la coppia non rispondeva ad ogni bisogno, per loro due era fondamentale prendere gioia fuori per investirla nell'immagine relegata ai legami consolidati e visibili. Perchè i matrimoni non autogenerano felicità per sempre, spesso devi trovarla fuori e trasferirla dentro, cercarla negli altri, nelle cose o nel tempo che riusciamo a trascorrere da soli. Non è semplice, a volte è impossibile.

Dal momento in cui il nonno iniziò la riscrittura di questo romanzo personale, mi vennero in mente episodi di quando ero ragazzina che potevo ridefinire alla luce di quello che stavo scoprendo.

Capii, per esempio, che la famosa e intoccabile casella delle recensioni era stata partorita da loro due al solo scopo di scambiarsi dei messaggi e che da lì, dal mettere per iscritto emozioni, momenti e sentimenti avevano trovato forma e sostanza gli eventi che ricostruivo leggendo quei pizzini. Pagine antiche, scritte molto tempo prima che io nascessi ma che continuavano ad essere depositati anche dopo.

Rendere parola quello che è sentito a pelle, che ci attraversa la mente ed il cuore, che ci spinge verso qualcosa o qualcuno ha l'incredibile esito di trasformare in realtà le cose. È come se dando un segno grafico a ciò che si caratterizza attraverso umori e sensazioni ci impedisse, una volta nominato, di scappare e di evitarne la presenza. Ciò che nomini diventa reale.

I biglietti che si scrivevano ebbero nel tempo anche una ragione logistica poiché servivano per darsi delle indicazioni su quando e come vedersi.

Avevo ereditato un patrimonio di parole e dovevo aiutarlo ad andare indietro nel tempo e dare un senso condivisibile. Non mi era chiaro, tuttavia, a chi fossero destinate quelle pagine. Mi ero appassionata, specialmente quando mi accorsi che avevo avuto un ruolo importante in questo palcoscenico e che le rare volte in cui avevo sentito il nonno escludere me era per includere lei. Aveva senso, non poteva ferirmi più. Ebbene sì, io lo trovavo adorabile ma quando si adombrava per ragioni

all'apparenza incomprensibili riusciva a farmi soffrire perchè
non si lasciava leggere, non mi permetteva di fare ciò che lui
stesso mi aveva insegnato: comprendere gli umori altrui
osservando e cercando i segni oltre la superficie.

Presi un periodo di ferie, come richiesto da Nicolò. Affidai l'ambulatorio al mio socio, d'accordo che sarei intervenuta solo per le emergenze e programmai gli interventi negli orari in cui il nonno doveva riposare.

Sapeva di avere poco tempo, conscio che poteva perdere lucidità e aveva paura di dire cose prive di senso legate al suo passato: voleva darmi tutti gli strumenti per capire.

L'anno in cui tornò in paese ripresero ad incontrarsi, erano i momenti della scoperta dell'altro quando ci si incanta e si costruisce una confidenza legata al racconto di sé. Le letture condivise li tenevano vicini e le fiere del libro, cui entrambi partecipavano ogni anno, offrivano l'occasione perfetta per trascorrere alcuni giorni lontani da casa assaporando una sorta di vita di coppia da esibire e vivere senza sotterfugi.

Ogni anno, senza mentire o inventare scuse fantasiose, si incontravano in un'altra città che divenne loro.

La prima volta non osarono nemmeno alloggiare nello stesso albergo, nessuno dei due aveva avuto l'ardire di proporre una cosa così audace ed esplicita. Era già tanto che si fossero messi d'accordo per incontrarsi tra i corridoi della fiera.

Camminavano spalla a spalla, pranzavano insieme e si concedevano dei giri turistici di perlustrazione in una città che prima di allora era circoscritta alla zona fiera, confinata in una dimensione lavorativa e che, da quel momento in avanti, sarebbe diventata la scenografia della loro storia in cui ritrovare i posti preferiti ed instaurare delle piccole abitudini.

Torino fu la città d'adozione, con il loro quartiere, il ristorante in cui li riconoscevano, il parco, la passeggiata ed una mansarda con una vista suggestiva.

Da quel primo viaggio, racconta il nonno, tornò scombussolato. Felice, certamente sorpreso di poter provare tanta gioia inattesa ma anche un po' a disagio. Non sapeva dissimulare questo cambiamento, riteneva di non poterlo rendere reale nella casa in cui era già un marito ed un padre. Non lo turbava l'assenza di senso di colpa, questa bolla di egoismo la considerava sana e necessaria al suo cuore.

Aveva voluto sposare la nonna perché gli era parsa una buona scelta, l'aveva amata tiepidamente ma l'amava. Tuttavia, la ragione per cui era diventata il legame indissolubile agli occhi di Dio e degli uomini era che non avrebbe dovuto creare problemi. Gli era sembrata semplice, facile da accontentare, capace di rendere pacifica la loro esistenza comune. In realtà, tanto semplice non era e la maternità aveva svelato le sue incapacità, i suoi nodi e la sua diffidenza verso gli altri che la portava ad essere ipercritica e snob. Era un matrimonio che filava liscio per la volontà del nonno di assecondarla in ogni modo possibile per poter, dal canto suo, mantenere vivi i suoi interessi e la sua indole curiosa e affamata di persone. Lucia rappresentava, invece, quanto di più affine e vicino alla sua anima avesse mai toccato.

Erano state le parole dette e scritte, gli interessi comuni, i libri ed il cibo ad avvicinarli. Avevano iniziato a volersi bene ridendo del passato, delle loro adolescenze poco condivise a causa del distacco di Lucia che non lo vedeva nemmeno, tanto le appariva insignificante e piccolo.

Avevano instaurato un rapporto di profonda confidenza, priva di pudore e vergogna, quel genere di sintonia che ti porta a non limare nulla di quanto ti viene in mente e lascia scorrere liberamente i pensieri che dal cervello arrivano alla bocca come sono, senza alcun filtro. Era un modo sincero. Nel tempo, si resero conto che rappresentava anche un rischio per il loro piccolo universo. Quando capirono che erano amici e che si erano innamorati dovettero far convivere questi due aspetti che, nelle relazioni sentimentali, spesso appaiono incompatibili.

Avere così tanti dettagli sulla vita dell'altro, dividere i momenti faticosi, far entrare persino i malumori per trovare sfogo e comprensione nello sguardo accogliente e pronto dell'altro era una lama a doppio taglio. Portava con sé la frustrazione di non poter intervenire, la necessità di dire senza ferire ma più di ogni cosa l'inammissibile pensiero legato all'evidenza: loro due assieme sembravano perfetti ed in questa consapevolezza capitava di provare lo strazio di non potere modificare lo stato delle cose, di doverle accettare come erano e di dover essere grati per tutto quello che insieme riuscivamo a fare, sentire, vedere e provare. Sapevano di essere molto fortunati, non avevano chiaro come impattava questa buona sorte sullo scorrere del tempo in assenza dell'altro.

I primi periodi furono spesso così, una sorta di rodaggio alla ricerca di una forma di amore che includesse e non danneggiasse l'altro. Bisognava metabolizzare che il destino li aveva fatti incontrare tardi per alcuni aspetti ma in tempo per trarne il massimo per altri.

Il nonno aveva fatto più fatica, camuffava meglio sicuramente a casa ma non con lei che stoicamente sopportava e comprendeva i suoi sbalzi di umore poiché lo conosceva profondamente in ogni aspetto della sua vita familiare e si rendeva conto di quanto avesse un peso sul cuore e portasse un'amarezza che non si era mai concesso di ammettere con nessuno per pudore e rispetto verso sua moglie.

Era certa di amare ed essere ricambiata e la gioia di quei momenti rubati a tutto la ripagava di ogni richiesta di distanza. Imparò a gestirlo, riconosceva i sintomi, faceva un passetto indietro e attendeva che fosse lui a lanciare un piccolo segnale di pace quando le sue tempeste emotive lo abbandonavano.

Lei era lì ad accoglierlo e lui era lì pronto ad abbracciarla così forte da salvarle la vita.

C'era voluto del tempo ma, al ritorno dal primo viaggio assieme, era diventato lampante per entrambi che non potevano rinunciare ed avrebbero avuto cura l'uno dell'altro alleggerendosi e sostenendosi a vicenda quando ci fossero stati momenti in cui essere presi per mano, guardati senza giudizio ed accompagnati.

Bisognava prendere le distanze dalla pesantezza quotidiana delle coppie, scegliere di darsi il meglio.

Il miglior tempo, i migliori sentimenti in tutte le occasioni possibili. Ricaricarsi per aggiungere serenità senza togliere nulla a nessuno.

"Non sono sicuro di averti dentro, né che tu abbia me dentro te. Ti sento senza possederti e credo che quello che abbiamo creato finora si chiami -noi-".

Questo fu il primo ritorno di Nicolò da Lucia, il primo distacco che creò legame.

Quello che contava era avere la certezza dell'amicizia e la capacità di proteggerla nonostante le incrinature che inevitabilmente può subire l'amore. Il loro sentimento era sorretto dall'amicizia, da un'amicizia intrisa di autentico amore, da un legame che aveva retto negli anni alle occasionali bassezze che questo sentimento comporta, dalla brutalità che rovina.

In quel periodo avevo chiuso una relazione con una persona che non era esattamente capitata per caso, me l'ero cercata mossa dalle falle del mio rapporto affaticato dalle cose di ogni giorno, dai non detti stratificati.

Nicolò capiva ma non sapeva, mi vergognavo per la prima volta e cercavo di darmi una ragione del mio comportamento attraverso i suoi ricordi. Cercavo delle similitudini senza riscontrarne. Era stata una vicenda legata all'aspetto sessuale, all'umano, non solo femminile, bisogno di essere desiderati e coinvolti in qualcosa di fisico ed inebriante. Era stato eccitante, vedersi per mezz'ore sudate e semi vestite, in luoghi improbabili, nei ritagli di tempo, cancellando poi le tracce. Tutto questo però mi lasciava qualcosa di amaro, sentivo la colpa di farlo in termini di disonestà verso me stessa. Nella mia aspettativa doveva esserci un sentimento, doveva giustificarsi questa brama ma era solo vanità e lusinga che, quando ovviamente lui decise di chiudere questa parentesi, non riuscivo ad ammettere. Avevo vissuto lo strazio del rifiuto, dell'abbandono quando in realtà avevo solo subìto una scelta altrui senza esercitare il controllo.

Le pagine che leggevo nel diario del nonno e di Lucia mi emozionavano fino a farmi scoppiare il cuore e, ragionando per differenze, balzava agli occhi la tenacia con cui avevano protetto quel rapporto nelle sue forme. Come lo avessero coltivato scrivendone un racconto per non farlo cadere nel dimenticatoio. Tra le loro cose c'era un diario a quattro mani. Tanti taccuini, tutti uguali.
Periodicamente se lo scambiavano ed aveva la funzione di colmare l'assenza e rendere il reciproco mancarsi bello, il momento di attesa tra un incontro e l'altro.

Era anche una strategia, scrivere veniva in soccorso nei frangenti in cui si faticava a dirsi onestamente le cose e permetteva di mettere in chiaro i punti di vista e le possibilità senza rischiare di accendere la miccia di uno scontro che, non discutendone, sarebbe esploso e lasciato irrisolto, considerato che non potevano ritornarci su dopo un'ora o dopo un giorno. Sospesi fino all'incontro successivo non si poteva stare.

Perché se è vero che riuscivano a trovare qualche attimo per scambiarsi un saluto ed uno sguardo, le ore da trascorrere assieme non erano giornaliere.

Pensavo a come la mia generazione intrecci relazioni di cui non rimane nulla. Foto, conversazioni continuamente cancellate mentre tra loro c'era il patto tacito di conservare e di cercare di dirsi tutto trovando un linguaggio accettabile, delicato ma efficace.

Il loro diario scandiva il tempo dell'assenza, assenza ritmata dalle vite regolari ma anche dettata dalla necessità di allentare, limare, misurare.

Erano pagine colme di comprensione, di volontà di restare e spesso di dubbi e di paure ed amarezza. La paura che sentivo più presente era quella di non potersi sostenere nelle difficoltà, di dover assistere a distanza impotenti e di non esserci perché un vero posto nel mondo, oltre quello che avevano costruito a loro misura, non esisteva. Mi chiedevo, alla stessa maniera, come avessero fatto a rinunciare alle cose ordinarie e scontate delle coppie. Le feste che tutti schifano, i risvegli e la buonanotte, i piedi nudi per casa. Una casa.

Forse era stata una scelta soppesata dalla consapevolezza che le relazioni legittime ricevono meno cura diretta e più influenza da mille fattori esterni. Invece si erano riservati, con le privazioni conseguenti, una fortezza in cui ci fossero desideri da realizzare in quel momento e a cui tornare sempre per ricaricarsi.

Era stata dura, dura per tutti e due ma bastava sbirciare e confrontare i diari saltando nel tempo per comprendere quanti aggiustamenti avesse subìto il loro amore pur di resistere. Perché i primi tempi appassionati, i tempi dell'amore assoluto dove l'ultimo innamoramento appare sempre più forte del precedente, li aveva fatti sperare di poter avere una possibilità. Una visione di vita insieme negli anni dello svincolo dalle responsabilità genitoriali per poter stare assieme. Avevano coltivato questo sogno per qualche mese, fino a quando non si resero conto che era un pensiero irreale e disturbante che sporcava di tristezza ogni separazione, che toglieva il respiro invece di darlo e dovettero prendere le distanze. Scoprii che, molti anni dopo l'inizio del loro rapporto, in un preciso momento di questa storia, pur avendone la possibilità decisero di non rischiare a cambiare forma e di mantenere ogni cosa com'era.

Mio nonno ebbe paura di amare dove non doveva, di essere felice in un "nonluogo". Gli capitava di sentirsi in colpa per la sua gioia quando doveva essere triste per osmosi alla moglie. Ebbe la straordinaria fortuna di incontrare una donna che sapeva leggere i suoi tormenti ed accettarli pur di averlo con sé.

Ho sfogliato quelle pagine in ordine sparso, capendo inizialmente poco ed intuendo. Era come se non volessi svelare tutto subito alimentando una tensione. I periodi di vicinanza venivano intervallati da giorni, a volte mesi ma addirittura anni in cui rimasero lontani. In città diverse, senza potersi toccare ma non smettendo mai di restare in contatto.

In uno degli ultimi taccuini, il nonno scrive queste parole:
"Era unica, unica ed eccezionale nel suo modo di starmi accanto. Abbiamo condiviso moltissimi anni di passione in cui sentivamo confermate le nostre affinità attraverso l'eccitazione dei nostri corpi che sapevano rispondere ad ogni bisogno. Ci ha uniti un'amicizia solida, nata dall'emozione per passioni comuni, ridendo all'unisono e alleggerendo il cuore. Il vero collante è stata la complicità che ci ha spinti a toccarci, ad abbracciarci in un contatto fisico che si è fatto amore.
Era lì, ci accompagnava. L'amore dentro l'amicizia.
Lei era il motore, la colonna della nostra unione segreta ed è suo il merito di tutto. Il suo cuore, la sua capacità di amare senza

chiedere, di essere delicata e discreta, di attraversare in silenzio i percorsi bui senza lasciarmi mai perdere. Le ho procurato dolore, in modo involontario ma ciclicamente non sapevo gestire questo coinvolgimento che mi investiva quando realizzavo che quello che sentivo per lei era immenso e perfetto e mi rendeva conflittuale. Quando mi barricavo nel mio silenzio di tenebra, Lucia restava in prossimità, mi osservava da lontano e si prendeva cura della mia anima con dedizione discreta. Erano le piccole attenzioni che mi riservava che me la facevano amare, indossava dei guanti di velluto per maneggiare la mia essenza e solo lei era capace di farlo rendendosi così indispensabile. Non mi cercava, mi lasciava dei messaggi senza farsi vedere, portava poesie, musica, mi regalava il cioccolato nella speranza che il mio umore risalisse verso toni più alti. La sentivo incollata a me ed era meravigliosa nel farlo. Non ho mai saputo se avesse questa dedizione pure per le altre persone della sua vita o se fosse una declinazione del suo stare al mondo dedicata esclusivamente a me. Ho incontrato un essere speciale capace di andare oltre, di essere nel presente e contemporaneamente in grado di volgere lo sguardo al futuro lucidamente. Era la melodia della mia esistenza, mi prendeva per mano anche se tentavo di morderla. Negli anni ho capito che sapeva essere un termometro umorale che riconosceva i segnali prima di me ed ho imparato ad affidarmi alla sua sensibilità che mi accoglieva e conteneva mentre le nostre vite parallele scorrevano".

Ho un ciondolo a forma di gatto, un regalo del nonno. Non l'ho mai tolto, lo indosso da quando ero una bambina. Oggi lo considero la sua premonizione sulla mia carriera professionale.

Tutti gli anni, per il compleanno, mi faceva dono di qualcosa che avesse le fattezze di un felino. Da quando ero piccola, ho ricevuto ogni sorta di oggetto raffigurante gatti. Peluches, orecchini, poster, calendari, agende, libri di fotografie, riproduzioni in legno, fermalibri....potrei continuare a lungo.

Erano e sono animali che adoro, mi infondono serenità anche se non riesco ad accarezzarli. Mi basta averne uno accanto, avverto una sensazione di pace.

Da bambina passavo delle ore immobile accanto ai gatti selvatici nella speranza che si abituassero alla mia presenza degnandosi di accettare il cibo che portavo e si facessero toccare per un attimo. Naturalmente, gli stronzi, non si avvicinavano causando miei pianti disperati in luogo delle preghiere rivolte a Santa Rosalia per esaudire i miei desideri (San Francesco no, ero devota alla Santuzza di Palermo).

Siamo gattari in famiglia. Ho trovato tante fotografie che ritraggono gatti in braccio a tutti, io ne ho sempre avuto uno a letto già dalla culla. Mio padre è un uomo poco affettuoso con le persone ma alla vista di un micio si rincretinisce al punto da diventare irriconoscibile.

Al negozio, il nonno aveva il suo esemplare, Matisse, un vecchio micio che per me faceva parte della famiglia.

Viveva in libreria perché la nonna a casa non lo ammetteva (altra ragione per la quale quella donna non poteva entrare nelle mie grazie). Io me ne occupavo molto volentieri e, quando il nonno partiva per i suoi viaggi di lavoro, avevo il permesso di tenerlo a casa con me.

Lucia era un'illustratrice di gatti, un'incredibile coincidenza, no?

I gatti erano un loro ulteriore punto di contatto. Matisse era il loro gatto. Lo avevano trovato e deciso di tenere per avere una creatura in comune che assorbisse il calore delle carezze che riceveva in modo da avere la sensazione che, toccandolo ed accarezzandolo, il nonno potesse risentire la mano di Lucia che scorreva sul pelo del micio. Era l'oggetto transizionale.

La cura che aveva il nonno per quella vecchia bestia mi faceva tenerezza, fortunatamente non arrivava agli eccessi di parlare in gattese ma rimaneva dolce. Era un banalissimo gatto di strada (anche detto gatto villano) parecchio anziano, aveva bisogno di piccole attenzioni alcune legate all'alimentazione, per esempio, poiché essendo ormai sdentato mangiava cibo umido che andava spezzettato. Era passato dal suo posto sul bancone accanto alla cassa ad una cuccia bassa dove si adagiava con lentezza.

È curioso come i nostri ricordi possano essere trasformati quando sono attraversati dalla memoria altrui e quando scopri il vero significato di qualcosa a cui hai assistito e che credevi avesse solo il senso che riuscivi a dargli in quel momento.

Lucia entra nella mia vita e rientra in quella del nonno cercando un volume di foto di gatti. Non l'avevo mai vista prima, è già un fatto noto che ne rimasi incantata e notai immediatamente che portava al collo il mio stesso ciondolo.

Quando arrivò, il nonno era indaffarato sulla scala. Sistemava i libri per bambini che avevamo selezionato assieme e quando sentì la sua voce che chiamava il gatto quasi cadde. Io le andai incontro, come faceva a conoscere il gatto e addirittura il mio nome se io non conoscevo lei?

Oggi capisco quanto fosse emozionato alla sua vista per quella inattesa visita. Era una sorpresa, dopo qualche tempo di assenza, era tornata.

Aveva una famiglia, non so se il marito fosse ancora presente e per quanto ci fosse stato. Dalle sue pagine non viene fuori quasi mai, era evidente il suo intento di tenere in disparte questo elemento e non renderlo intrusivo. Raccontava delle sue giornate in funzione di ciò che avrebbe fatto, voluto fare o condividere con Nicolò nei momenti di assenza.

Nel diario di quel periodo scriveva di una figlia, Bianca, dei nipoti di cui ogni tanto si occupava. Spesso si allontanava per andare ad aiutarla nella gestione dei piccoli.

Doveva essere una nonna fantastica, la immaginavo intrattenere questi bambini in una casa tutta a colori dove potevano correre a piedi nudi, dove abitavano la cucina in veste di piccoli cuochi guidati da lei, che li trasformava in artisti insegnandogli a dipingere e disegnare come aveva fatto con me nei ritagli di tempo.

Ero invidiosa, retrospettivamente. Quando ero piccola era unicamente mia però, leggendo le pagine scritte in quello stesso periodo, pensavo che avrei voluto essere sua nipote.

La casa dei nonni dei miei sogni era profumata di biscotti appena sfornati, di spazi a mia misura e di tempo dedicato a fare cose divertenti. Invece, nella mia realtà, avevo avuto in sorte una dimora (termine scelto di proposito per la sensazione di freddezza che mi suscita) di nonna rigida, dove: "attenta a dove ti metti che poi sporchi ed ho appena riordinato" e "se vuoi una spazzola la trovi in bagno". Quest'ultima parte era un modo indiretto, diplomatico e gentile di dirmi che ero parecchio spettinata e dovevo spazzolarmi i capelli e che se fossi stata più composta e meno vivace sarei stata perfetta come bambolina da tenere sul divano.

Quel lungo periodo di lontananza fisica era stato legato alla malattia di uno dei bambini e la figlia, separata e senza altri che potessero darle soccorso, aveva chiesto il suo aiuto per poter lavorare ed occuparsi del piccolo che aveva necessità di ricoverarsi mentre la sorella più grande veniva affidata alla nonna.

Le persone che circondavano Lucia e Nicolò erano essenziali per loro, parte delle reciproche esistenze ma sostavano su un piano diverso da quello in cui abitavano loro. Ugualmente importanti ma in maniera differente e, nel trascorrere degli anni, avevano avuto un peso notevole. Decenni assieme mentre accanto accadevano e si scandivano eventi di ogni essere umano. Nascite, lauree, partenze e ritorni, matrimoni, separazioni, malattie e morti. Era complesso essere prossimi senza invadere, chiedere senza intrudere, provare a sostenere senza apparire faziosi. C'era tutto un equilibrio da mantenere, legato al rispetto ed alla considerazione per gli altri.

Quando li incontro assieme per la prima volta, non sono più due giovani innamorati, non anagraficamente di certo. Ma, leggendo, un estraneo non avrebbe mai potuto intuirlo. A distanza di tanti anni, iniziava ogni pagina chiamandolo "Nicolino, amore mio" e lui, nelle rare occasioni in cui scriveva di sé, esordiva scrivendo "Lucia, luce dei miei occhi".

Forse era il suo modo di descrivere le cose, di raffigurare luoghi in maniera così puntuale a regalarti la sensazione di essere in contatto con lei, i loro sentimenti apparivano giovani e vivaci.

Tutti crediamo che, ad una certa età, si perda lo smalto del cuore come quello dei denti. Come se ci fosse una scadenza che provoca un collasso dell'emotività che ci spenga dentro, piano piano, come accade alla nostra parte esteriore. Capivo che non era esattamente così, non per tutti e speravo di avere la fortuna di potere coltivare anch'io la mia anima con emozioni e desideri fino alla loro età.

Nicolò non era disinvolto come lei nella scrittura ma quando si cimentava risultava profondo a volte quasi poetico. I suoi turni di parola erano occupati da citazioni di letture condivise, frasi tratte da canzoni o dialoghi di film che decidevano di vedere contemporaneamente.

Mi diceva che può accadere che, quando ci troviamo in difficoltà nell'esprimere i nostri sentimenti o uno stato d'animo, ci vengano in soccorso gli artisti che sanno dire per noi la cosa più vicina a quello che proviamo.

Il collante era costantemente la cura e la riconoscenza per un rapporto mai dato per scontato.

La vicinanza emotiva e fisica mi appariva bilanciata e reciproca, andava oltre l'appagamento sessuale. Apparteneva ad uno spettro di spiritualità che li collegava intimamente e che aveva un aspetto ambivalente. Conteneva un elemento spaventoso, includeva la paura contenuta ma sottostante di perdersi, di lasciarsi sopraffare dai sentimenti. Il legame che li saldava era struggente, meraviglioso e terribile perché destinato a rimanere vissuto a metà.

Tra i biglietti scritti dal nonno, trovai una frase che mi riportò a stati d'animo trattenuti, sentimenti indicibili capaci di turbare lo stato di quiete necessario a potere vivere una relazione del genere. Quelle poche righe, scritte rapidamente su uno scontrino, descrivevano la gelosia, il senso di esclusione e la paura dello stravolgimento emotivo costretto al silenzio.

"Mi faccio violenza per non sentirmi geloso però, la verità che devo confessare a me stesso è che vorrei condividere ogni istante con te. Sono geloso, non dovrei, ma lo sento, sono geloso di chi ti sta accanto al posto mio. Quello che non sei per me, talvolta, è motivo di disagio".

Eccola la gelosia, la cercavo e non comprendevo come potesse essere assente all'appello. Mi interrogavo su come avessero potuto non sperimentarla e bruciarsi, me lo chiedevo da donna che rasenta una sorta di gelosia patologica anche retroattiva.

Nicolò racconta di quanto lei fosse affascinante, bella in modo non appariscente. Attraente e sensuale, non passava inosservata e capitava che venisse corteggiata benché non avesse mai modi ammiccanti. Era gentile, mai sgarbata e scortese perciò risultava amabile.

Avevano stabilito, senza dirselo chiaramente, un patto tacito di mutismo selettivo sulle rispettive vite di coppia. Applicavano a questa sfera esistenziale uno scotoma affettivo che doveva proteggerli dalla gelosia. Si erano innamorati avendo alle spalle situazioni preesistenti, persone che rimanevano fondamentali e che continuavano ad essere amate e che erano la loro realtà collaterale. Esistevano, meritavano rispetto ma andavano lasciati in disparte. Un compartimento stagno li accoglieva.

Però, sia l'uno che l'altro, pretendeva attenzioni esclusive e viveva gelosie occasionali verso individui di passaggio che mostravano un blando interesse.

Quel biglietto venne scritto in un impeto di rabbia una sera che, per un impegno di lavoro programmato durante i loro due giorni a Torino, rimasero separati per cena.

Il nonno si sentì privato di qualcosa che gli apparteneva, un momento in meno in una vita vissuta a metà.

La gelosia non era una questione semplice. Era innegabile ma non esisteva alternativa. Quello che permetteva ad entrambi di scavalcarla era la consapevolezza di sapere che le loro anime si appartenevano, che i loro sentimenti crescevano alimentati dal desiderio ma specialmente che erano capaci di comprendersi e sostenersi in ogni occasione sospendendo il giudizio sull'altro. Che nessuno più dell'altro conosceva così a fondo i propri segreti e sapeva tenerli stretti, che nessuno era riuscito a superare le barriere del pudore provato per sè stessi e che mai i loro corpi avevano sentito tanta gioia nel godimento altrui, nella carezza e nell'abbraccio stretto. Sapevano di essere perfetti insieme, di comprendersi e compensarsi. Questo pensiero rendeva meno duro il distacco, meno faticoso separarsi e costantemente bello ritrovarsi.

In una lettera, è lei che lo esprime perfettamente.

"Amore mio, oggi è uno di quei giorni in cui so che non ci sentiremo. Sono serena, sto bene anche se mi manchi ogni istante. È un fatto viscerale. Devo ammettere che mi capita di trovare ingiusta la storia che siamo costretti a vivere. Mi rendo conto che non possiamo farci niente ed ho imparato a conviverci. Non posso negare di aver vissuto settimane disperate ed angoscianti quando tu, per troppa vicinanza, hai cercato di mettermi da parte. Il timore di poterti perdere l'ho superato, lo affronto e lo accantono ogni volta che ti ritrovo e ti sento dentro come non mai. Ti penso, sei parte della mia vita, integrato in ogni mio gesto. Ti sento accanto e avverto il tuo amore. Mi illudo di pensarti quando lo fai tu, accarezzo il mio ciondolo credendo che serva ad attivare un contatto con te che, benchè chiaramente effimero, mi consola.

È difficile separarsi, è doloroso quando ti senti tanto appagato e più mi tocchi più vorrei che continuassi a farlo. Però, a distanza di anni, la tua mancanza non è struggente. Coltivo l'attesa di rivederti, ti scrivo ciò che non riesco a dirti nell'immediato e per non farlo sfuggire lo fisso sul foglio.

Credo in questo amore inaspettato, credo che sia autentico e profondo, credo che sia forte e coraggioso. Sei spesso di poche parole però capace di mille piccole attenzioni amorevoli. Io, invece, sento la necessità di dirti tutto per avere un contatto con i miei sentimenti perché dobbiamo prenderci cura della nostra storia per farla durare. Se vogliamo che duri dobbiamo renderla versatile al punto da incassare i colpi ed assestarsi.

Sei un pensiero bellissimo e voglio darti conforto e rimedio a tutto ciò che procura una stretta di dolore al tuo cuore fragile e sensibile. Alcune cose non toccano me direttamente ma ricadono su di noi, non avranno il potere di avvilirmi.

Non dico che non affronto momenti di tristezza e sconforto ma tutto vale la pena pur di poterti amare.

Non so cosa accadrà, sono certa però del mio e del tuo amore".

Mentre scrivo il nonno è già andato via, è morto sedato per non fargli subire gli atroci dolori che accompagnano gli ultimi momenti.

Accanto a lui c'erano mio padre, mia madre, Bianca ed i nipoti di Lucia che avevano per lui un affetto nato quando erano bambini e, come me, andavano alla ricerca di tesori nel suo negozio.

Quando non ci sono stati più legami familiari da tutelare, rapporti primari da accompagnare nel mondo, ciò che li univa è venuto alla luce nella forma che aveva assunto e non importava più a nessuno da dove fosse iniziato, quando e in che maniera. Erano due adulti, non più giovani, che si tenevano vicini e condividevano quello che la vita continuava a concedere loro.

Noi nipoti siamo entrati nella loro storia quando questa aveva dovuto mettere da parte la passione dei corpi che erano invecchiati e ciò che appariva ai nostri occhi di ragazzini era un bel rapporto di amicizia senile.

Quello che accadeva tra loro nel periodo della mia infanzia era paradossalmente più complesso da gestire ed organizzare rispetto agli anni in cui trovavano il modo, il tempo e lo spazio per fare l'amore che rappresentava tutto ciò che desideravano darsi.

In quel contatto così perfetto, intenso e unico saturavano ogni assenza percepita nei giorni di separazione. Si riempivano gli occhi della vista reciproca, il naso del loro odore che restava sui corpi e sui vestiti, che lasciava sulle mani la sensazione legata al tatto di quella pelle che pareva o forse era davvero della stessa consistenza. Dicevano di avere la stessa pelle ed era un conforto toccarsi ed immaginare di accarezzare l'altro. Era come se, chiudendo gli occhi, potessero godersi a distanza.

Adesso il tempo assieme aveva l'esigenza di vivere una sorta di normalità di vita in comune e noi nipoti eravamo l'occasione perfetta.

Negli anni passati avevano trovato, viaggiando, delle parentesi quotidiane di relazione legittima.

In quei giorni, il sesso era meno importante perchè tentavano di dedicare spazio a tutto ciò che dovevano necessariamente negarsi nel luogo delle loro vite.

Uscivano a passeggiare tenendosi per mano, facevano la spesa e preparavano da mangiare. Leggevano lo stesso libro con i piedi intrecciati nel letto che condividevano, guardavano dei film ed erano lenti per godersi ogni attimo.

I ritorni a casa erano sistematicamente traumatici perché si erano abituati subito alla reciproca presenza, due notti assieme alimentavano il desiderio di averne altre che però dovevano attendere.

Accettare di amare, in questo modo assoluto, una persona diversa da quella che avevano scelto di sposare era difficile e, al rientro, comportava la presa di distanza di qualche giorno per metabolizzare e riprendere il ritmo della normalità.

Ho conosciuto questi bambini ma non li ricordo anche se, nelle pagine del diario, leggo di episodi in cui abbiamo giocato. Evidentemente, allo stesso modo in cui io mi ero affezionata a lei, anche loro due si erano legati al nonno al punto da essere tornati per rivederlo quando avevano saputo che stava andando via.

Ed era tramite il rapporto con loro che il nonno aveva potuto occuparsi di Lucia quando aveva iniziato a stare male, a perdere i suoi punti di riferimento e volere accanto solo lui. Questo non sarebbe mai accaduto se non avessero intrecciato le vite attraverso le loro propagazioni.

Mi chiedo se questi nipoti condivisi facessero parte della strategia per non perdersi quando, una volta vecchi, avrebbero avuto bisogno di chi li aiutasse a tenersi in contatto.

Quando ci incontrammo la prima volta a casa del nonno, nei primi tempi della sua malattia, ci fu una sorta di naturalezza nelle parole e nei gesti, come se tutti sapessimo cosa aveva unito i nostri nonni e, di riflesso, univa noi.

Fu Nicolò a chiedermi di informarli, quando avevamo finito di rileggere biglietti e diari ed io avevo esaurito tutte le domande. Non sapevo, in quel momento, se renderli partecipi di questo segreto. Forse li avrebbe aiutati a comprenderla meglio.

Lucia si era ammalata, una forma di demenza che le aveva lentamente tolto lucidità. Nicolò fu spettatore di questo dramma di trasformazione, colse i primi sintomi che lo portarono a contattare Bianca, la figlia.

In una giornata qualunque, una di quelle in cui di consuetudine dovevano incontrarsi per fare due passi, Lucia apparve confusa. Per telefono, alla richiesta di vedersi al solito posto, aveva domandato a Nicolò di cosa stesse parlando. Lui pensò ad un episodio legato alla stanchezza, all'insonnia che ormai scandiva le sue nottate ma nei giorni successivi si accorse di altre dimenticanze, di piccole insolite sciatterie nella cura del suo aspetto. Quando, infine, una mattina la incontrò per strada in pantofole, disorientata alla ricerca di una, non ben specificata, libreria si accese un campanello d'allarme che li condusse alle visite specialistiche ed alla diagnosi. Fu accanto a lei in ogni passo, con il consenso e la gratitudine della figlia che, con stupore, scopriva in lui un alleato ed una risorsa preziosa nella gestione di un decadimento senza fine.

Iniziò, in questa maniera, una nuova storia d'amore e dedizione, quella che lo incluse a pieno titolo nella famiglia di Lucia nel tentativo di rallentare il più possibile un declino segnato.

Lucia aveva bisogno di tutta la sua memoria, della sua presenza costante per aiutarla a mantenere intatta, il più a lungo possibile, la sua meravigliosa identità che si andava sgretolando.

Quello che temevano non accadde: la paura che li aveva accompagnati di non potersi prendere cura l'uno dell'altro.

Grazie ai rapporti che li legavano ufficialmente, agli occhi di figli e nipoti, era rimasto accanto a lei fino all'ultimo respiro.

Si muoveva con disinvoltura in quella casa che non avevano abitato come una coppia ma in cui lui poté confermare quanto aveva solo immaginato. Quelle pareti, quelle stanze parlavano del loro amore, parlavano di lei e di tutte le persone che aveva accudito e sostenuto. Pure lì esisteva una libreria, identica a quella del nonno, stipata di libri sottolineati ed, in un comò chiuso a chiave, recuperò altre lettere, quaderni e biglietti che lui le aveva consegnato.

In quel periodo, Lucia cominciò a chiedere di poter tornare a casa sua.

Spesso la trovavano che vagava per le stanze in cerca dei suoi libri. Doveva partire e preparava una valigia con dei cambi per qualche giorno. Diceva di dover raggiungere il suo compagno, lui la stava aspettando alla stazione. Chiedeva di fare il biglietto del treno per la mattina, si vestiva ed aspettava che si facesse l'orario per prendere il taxi. Nessuno capiva a quale passato facesse riferimento, nessuno tranne Nicolò che andava da lei ogni giorno. Lei non lo riconosceva sempre, lo accoglieva come una persona amica ed era amorevole nei suoi confronti. Nicolò le portava i fiori che amava e che, da giovani, Lucia lasciava in libreria per dare ancora più calore a quel posto. Si sedevano sul divano e lui le leggeva pagine già lette e sottolineate nella speranza che riconoscesse i momenti che li avevano tanto legati.

La nonna morì quando studiavo. Ebbe un ictus e dopo qualche mese se ne andò.

Non provai grandi sentimenti, non la sentivo vicina ed in realtà nulla ci aveva mai unito. Tuttavia, empaticamente, provavo tenerezza per mio padre che da figlio aveva volutamente messo un muro per tenere distante questa figura così distruttiva, per potersi proteggere. Considerava sua madre una donna bigotta, molto paesana e poco evoluta ed i suoi trascorsi ambivalenti, alla sua morte, assunsero la forma del dolore sordo sorretto dal rimpianto di non aver cercato di comprenderla meglio e di starle vicino come fanno normalmente le famiglie.

L'ictus le aveva provocato un'emiplegia e tolto la funzione più tagliente che possedeva per governare chiunque: la parola. Era rimasta praticamente muta trasformandosi in una persona diversa ma non innocua. Con i mezzi che le restavano manifestava disappunto e tutta la frustrazione di non potere più decidere nulla e gestire gli altri. Urlava e si agitava spesso, non voleva essere toccata da altri che dal nonno e così, da questa posizione di svantaggio esercitava un rinnovato tipo di controllo.

Il nonno non perse mai la calma e si organizzò per assisterla con l'aiuto di una badante, magnanimamente offerta da mio padre che non riusciva ad essere fisicamente presente, alternandosi a lei per continuare ad avere il suo lavoro e decomprimere all'esterno le pressioni domestiche.

Parlava raramente di come si sentiva, quando lo chiamavo la sera era di poche parole e dirottava i discorsi sulla mia vita.

Con Lucia era invece disponibile a raccontare. Lei soddisfaceva il suo bisogno di essere compreso ed ascoltato senza alcun filtro, cosa che lui non era in grado di ricambiare. Le relazioni con le donne della sua vita soddisfacevano bisogni differenti ed opposti ed in questo sperimentava il controllo della nonna che ricambiava con condiscendenza per il quieto vivere, l'accoglienza silenziosa e non discriminante di Lucia, che aveva l'onore di penetrare nei suoi tormenti e sollevarlo nell'atto di sostenerlo ad affrontarli.

Lucia, in quei mesi, si fece da parte. Non desiderava appesantirlo con la sua presenza, cercava di accudire il suo animo con le abituali piccole attenzioni, attendendo che il bisogno del nonno si facesse voce e presenza.

Quando notava una chiusura ai limiti del patologico, con garbo lo scuoteva e costringeva ad uscire dal negozio per fare qualcosa che lo allontanasse dalla tristezza.

Riformulavo l'immagine del nonno ed era abbastanza diversa da quella che occupava la mia mente. Incontravo una persona tormentata che aveva difficoltà ad amare e ricevere amore e passava da uno stato d'animo all'altro con rapidità e senza motivo apparente. Quell'uomo gioioso che tutti amavano aveva altre sfaccettature complesse ed io, che credevo di conoscerlo meglio di chiunque, ne scoprivo gli aspetti.

C'erano giornate in cui, al contempo, sentiva una gioia ed un entusiasmo enormi.

Si svegliava carico di energie che potevano svanire all'improvviso virando verso una deriva depressiva determinata da eventi collaterali che assumevano un peso sproporzionato. Accadeva così a Nicolò, ci cadeva di riflesso Lucia che aveva affinato delle tecniche di sopravvivenza ai suoi sbalzi d'umore repentini.

In quei frangenti, le ricadute umorali del nonno, erano accompagnate in lei da creatività compulsiva, riordino della casa, spesa e preparazione di pasti che venivano porzionati e surgelati per poterli consumare in momenti migliori.

Nel soggiorno di casa mia (la casa del nonno che ho ereditato) campeggia enorme una tela raffigurante un gatto nero in un campo di papaveri, esempio di quei momenti creativi difensivi.

La migliore strategia contenitiva delle paure, legate alle crisi del nonno, era la compilazione degli elenchi, elenchi e liste di qualsiasi natura. Li scriveva su pezzi di carta di fortuna che venivano allegati con una graffetta alle pagine dei diari.

Questo passatempo le dava la sensazione di poter controllare le cose mentre, nella sua pancia, sentiva di non avere potere su quanto di più prezioso e significativo avesse.

A questo si aggiungeva la pressione esercitata da Bianca. Era la sua unica figlia, umorale quanto il nonno, ed aveva con lei un legame affettivo di dipendenza ambivalente. La accerchiava con le sue richieste e, nella ricerca di una sfera di autonomia, la rifuggiva rivendicando in mala maniera una distanza forzata.

Di giorno scappava e di notte tornava, bramosa di abbracci stretti e carezze sui capelli.

Era attorniata da amore profondo, conflittuale e logorante.

Nicolò la amava, era chiaro e lei lo sapeva, però si sottraeva quando riconosceva in Lucia il suo stesso bisogno di supporto. Non era capace e, senza alcuna spiegazione, faceva dei piccoli passi indietro.

Essere empatica le costava nascondere il suo sconforto ed i suoi turbamenti che occupavano uno spazio privato. Accettava la sua solitudine per rendere confortevole a chi amava la sua presenza, offriva un luogo comodo a cui ritornare. Il nonno tornava da lei costantemente, Lucia desiderava soltanto questo.

In una di queste circostanze, dopo l'iniziale amorevole e sollecita presenza, si eclissò mentre Lucia affrontava le conseguenze di un incidente d'auto che aveva coinvolto sua figlia.

Quasi perse la vita e per diverse settimane necessitò della presenza assidua di sua madre. Nicolò non seppe restare, non era capace di dedicare energie in un momento di dolore. Lo assimilava, lo sentiva dentro forte e, per non farsi schiacciare, doveva scappare. Aveva imparato a sue spese questa dinamica di fuga, sperimentata da bambino quando, un devastante evento tragico travolse la sua esistenza senza che nessuno seppe dargli tempo per il dolore e la tristezza, imponendogli da subito la normalità che avrebbe dovuto cancellare il dramma che divenne il suo segreto innominabile.

La sua semplicità era solo apparenza, il suo sorriso, la vivacità nascondevano la complessità. Si vergognava di questo suo lato respingente, non sapeva rimediare subito e si nascondeva fino a quando Lucia lo stanava con dolcezza.

Nel diario di quel periodo l'amarezza e la delusione sono espresse a chiare lettere.

Il senso di abbandono, accompagnato dal sentimento di vuoto e l'angoscia di non avere vicino il suo migliore amico, il suo amante ed amore.

Nella reciproca dinamica dei bisogni lei aveva la necessità di dargli il meglio, lui aveva quella di prendere.

L'inversione dei ruoli era contemplata per brevi tratti e a caro prezzo. Questo era uno dei loro equilibri, fondato sulle risorse personali.

Lucia si sentiva sola, specialmente la notte. Per proteggere Nicolò, evitava di lasciare trapelare i suoi tormenti ed in queste occasioni non si faceva vedere accampando delle scuse. Era certa che lui si sarebbe accorto al primo sguardo che mancava quell'energia che li sorreggeva e lei, dopo anni trascorsi al suo fianco, si era resa conto che non poteva apparire fragile.

La solidità e la forza che mostrava al mondo erano una sovrastruttura, la facciata utile a garantire agli altri il suo appoggio condiscendente e superficiale.

Era fragile, Lucia lo aveva scoperto e voluto vicino per creare in quelle crepe l'unicità della loro relazione. Solo a lei era stato consentito l'accesso e, da parte sua, si era imposta di non appesantirlo mai, di decomprimere in solitudine senza renderlo partecipe se non quando la sua tempesta si fosse risolta e poteva dire di aver avuto delle giornate impegnative.

Lucia conosceva l'origine del tormento del nonno, era un fatto noto come cronaca. Sapeva come non avesse trovato dentro di lui pace e risoluzione. Come fosse rimasto lì inespresso e stratificato in malessere muto. Una sorta di cisti condensata di emozioni dolorose.

Voleva garantirgli comprensione e pace, con una sfaccettatura egoistica dovuta al timore di perderlo lacerandolo con i suoi drammi. Era un nervo scoperto, sentiva tutto. Il prezzo che pagava per averlo vicino, sereno, presente ed amorevole erano le giornate di isolamento per impedire alla sua di angoscia di raggiungerlo. Era una cosa che non sapeva affrontare.

Non lo biasimava, lo amava così. Nessuno gli aveva insegnato come si affronta il dolore e la colpa di essere sopravvissuto ad una tragedia.

Il nonno era rimasto incolume in un incidente che aveva coinvolto il suo migliore amico, avevano dieci anni.

Dieci anni, in estate, con le bici.

Dieci anni, in estate, con le bici, in agosto, dopo pranzo.

Come ogni giorno sfuggivano qualche ora al controllo dei genitori, che riposavano prima di tornare al lavoro portando anche i bambini. Si concedevano la trasgressione della pedalata lungo il viale di campagna che collegava le rispettive case.

La solita gara di velocità che mio nonno spesso faceva vincere a Ciccio che era un ragazzino piccino ed insicuro. Per non mortificarlo e, nella sua delicatezza di bambino, dargli sicurezza rallentava e lo faceva arrivare per primo al traguardo stabilito, le due querce che si trovavano all'ingresso delle loro case, come di ogni abitazione in quella zona.

Se quel pomeriggio avesse deciso di vincere, se lo avesse lasciato indietro correndo come sapeva fare, gli avrebbe salvato la vita e, sotto i cingoli del trattore, ci sarebbe finito lui.

Nicolò vide ogni cosa, registrò nella memoria i dettagli, i momenti atroci di quella tragedia che dovette più volte raccontare per necessità ed anche per la curiosità altrui ma che non poté condividere come dolore immane che restò muto ed indicibile.

Fu costretto a subire le domande morbose su ogni dettaglio macabro, le attenzioni pressanti del primo periodo, i gesti di affetto di amici e parenti che poi dimenticarono ed andarono oltre mentre lui sentiva insinuarsi dentro il dolore, la colpa e la responsabilità di chi rimane senza ragione. Venne imposto un registro di dimenticanza il cui mandante era la sua famiglia, impegnata nella fatica e nella preoccupazione concreta di sopravvivere ad un dopoguerra duro.

D'altronde, quanta gente era morta, quanti bambini si era portata via la miseria?

Ciononostante, per il nonno quella era la sua tragedia personale, era il suo amico, il suo corpo straziato davanti agli occhi, carne e sangue che tormentavano i sogni ed il divieto implicito di poterne raccontare. Dover camuffare la colpa, fingere, lo rese invisibile.

Crescendo iniziò ad osservare la gente pensando che chiunque poteva custodire un segreto, un dolore che condizionava le scelte ed indirizzava le loro esistenze.

Lucia ricordava perfettamente quella morte giovane, come tutti in paese aveva vissuto lo scoramento del lutto cittadino e subito la difesa collettiva di metterlo da parte per andare avanti come comunità. La dignità del lutto restava confinata al momento del funerale, ai preti ed alla famiglia. Nicolò sentiva di essere un fratello di sangue a cui non veniva riconosciuta sofferenza.

Quanto fosse vivo ed ingombrante questo ricordo, lei lo scoprì in un giorno di vacanza nella campagna toscana, a passeggio sotto il sole per i poderi e i viali alberati. Incontrarono un gruppetto di ragazzini in bici e a quella vista Nicolò cambiò espressione, chiese a Lucia di sedersi sotto un albero e le raccontò cosa fosse il peso che opprime il cuore di chi sopravvive e la difficoltà di sostare, soffermarsi e sorreggere nei momenti dolorosi.

Quando cominciò l'iter delle visite, Lucia era ancora molto lucida ma scarsamente consapevole. Rifiutava con forza l'idea, ma anche la remota possibilità di subire sul suo corpo qualcosa di così tremendamente ingravescente come la demenza.

Durante i primi colloqui di accertamento, nel corso degli esami diagnostici che subì, minimizzava gli episodi legati alle dimenticanze, ai buchi della sua memoria fino ad allora perfetta. Un giorno confessò al nonno che le capitava da diverso tempo ma, inizialmente, non gli aveva dato alcun peso. Credeva fosse solo stanchezza, derivata dalla sua insonnia che le causava dello stress e non aveva colto in questi segnali d'allarme, i sintomi che in realtà rappresentavano. Le era capitato di dimenticare dei numeri di telefono, che abitualmente componeva in modo automatico, si bloccava mentre li faceva e scordava perchè avesse sollevato la cornetta oppure incrociando persone note non le sovveniva il loro nome.

Era una donna colta, aveva imparato a dissimulare ma, quando Nicolò le disse di aver notato in lei delle stranezze, dovette ammettere che aveva ragione.

L'episodio in cui era uscita in pantofole non lasciava altro tempo.

Furono mesi destabilizzanti, carichi di paure e dubbi e la diagnosi portò sollievo legato alla conclusione di un ciclo e preoccupazione per le prospettive future.

Cercarono di metabolizzare la notizia stando vicini più che mai. Lucia si mise a studiare, a cercare di conoscere le storie di malati come lei e scopriva che il suo timore maggiore era precipitare in una dimensione scollata dalla realtà, la trasformazione che la attendeva era portatrice del suo più grande timore: dipendere dagli altri ed essere un peso.

Lo scenario in cui non avrebbe potuto occuparsi di nessuno, che i ruoli avrebbero subito un'inversione, le causava angoscia specialmente se pensava che questo avrebbe comportato lasciare solo Nicolò.

A quel punto, per la prima volta, chiese distanza. Non voleva che lui assistesse allo sfacelo della sua identità. Pretese di non essere cercata ma lui aveva imparato l'amore, la cura e la dedizione e si fece ostinato quanto lei. Dovette perciò accettare la sua presenza come un fatto inevitabile. Il nonno, finalmente, poteva restituirle in minima parte una vita di attenzioni che era stato incapace di ricambiare nella giusta maniera.

Aveva investito molto tempo ed energie a tracciare la memoria della loro storia ed ora questa cadeva a piccoli pezzi, da quella presente a quella passata che diveniva a tratti confusa e, a fasi alterne, prepotente e vivida.

Quando Lucia ebbe chiaro come si sarebbe evoluta la malattia, quando realizzò che il nonno non sarebbe andato da nessuna parte e avrebbe trascorso più tempo possibile con lei, si rattristò, consapevole che non ci sarebbero stati testimoni del loro amore e della loro amicizia e timorosa del rischio di non riconoscerlo più.

Era stata una storia clandestina, un segreto che nessuno dei due aveva mai potuto condividere con qualcuno e, come a tutte le relazioni di questo genere, era mancato il riconoscimento sociale, l'approvazione e quindi il ricordo di chi l'aveva osservata.

Se avessero potuto sapere, li avrebbero visti bellissimi assieme, a loro modo perfetti e sicuramente complementari.

La vicinanza amicale era evidente e nota, però il sentimento immenso, su cui si era fondata e che li aveva sostenuti (sorreggendo pure chi li circondava), sarebbe andato perduto.

Aveva avuto cura di custodire tutti i ricordi, di tessere una vita di parole che raccontassero il dispiegarsi del tempo delle esistenze separate ma intrecciate.

Tutti gli innamorati vogliono raccontarsi ed essere raccontati, lei lo aveva fatto e passava il testimone al nonno che doveva unire i pezzi e trasformarli in storia, scegliendo un custode fidato.

Io, anni dopo la sua morte, avrei custodito la storia d'amore di Lucia e Nicolò, come lei aveva accolto il mio più grande e doloroso segreto.

Ero accolta con affetto a casa di Lucia, passavo a trovarla quando c'erano Bianca o il nonno e mi offrivo di farle compagnia.

Una di queste mattine vado a farle visita, è contenta di vedermi. Mi sorride, come al solito, sembra quella di sempre. Mi siedo sulla poltrona accanto alla sua, le prendo la mano e lei mi domanda "Allora questo bambino lo vuoi avere?". Mi riconosceva come Agnese, la sua nipote d'elezione affettiva, però stava vivendo in un tempo passato. È disorientata, mi riporta indietro di qualche anno, esattamente nel periodo in cui mi trovai ad affrontare la scelta più conflittuale della mia esistenza.

Dopo essere tornata ed avere avviato l'ambulatorio, rimasi incinta.

Inattesa, inopportuna, indesiderata gravidanza.

Ero certa di non volerlo, sicura di non poterlo avere, consapevole di non poterne fare parola con nessuno perchè ero sola. Lo raccontai a lei, sentivo di potermi confidare con qualcuno che fosse vicino ma non dentro la mia famiglia, con cui avevo sempre avuto una sintonia particolare ed ero convinta non mi avrebbe giudicato né condizionato a fare una scelta non mia. Lei ascoltò dicendomi che se lo avessi voluto lo avrei sentito come una specie di innamoramento, lo avrei immaginato e sognato ed avrei capito e lottato per tenerlo, al di là delle circostanze. In effetti andò così ma quella cellula, che per poco aveva abitato il mio corpo, decise di andarsene senza permettermi alla fine di scegliere.

Lei raccolse le mie lacrime e la mia amarezza, mi ero convinta che l'ambivalenza ed il rifiuto iniziale lo avessero cacciato via.

Non seppi mai se lo raccontò al nonno, se lo fece, lui fu abile a nasconderlo. Chissà se restò deluso o invece fu felice di aver portato nella mia vita una donna così speciale.

Avevano un patto antico, qualcosa che si erano detti in tempi felici, nell'età in cui il pensiero dell'invecchiamento e della malattia riguardava solo gli altri ed era argomento di conversazione ameno come un altro.

Capitò un'influenza, una febbre alta.

Una febbre da vacanza, da abbassamento delle difese immunitarie, come capita quando ti senti così rilassato che il tuo corpo cala la guardia e ti dice di fermarti.

Nicolò si occupò di lei con gioia, era una cosa inusuale e si sentiva appagato dal poterlo fare.

Sotto le coperte, nella casa di montagna che apparteneva alla famiglia di Lucia e dove riuscivano a trascorrere qualche giorno all'anno, lei scherzando (almeno all'inizio) gli disse che, semmai la vita le avesse riservato una sorte da invalida, in forma di qualsivoglia malattia degenerativa o comunque in una condizione di salute poco dignitosa, lui avrebbe dovuto garantire che nessuno si sarebbe accanito sul suo corpo e che si sarebbe fatto portavoce di questo desiderio. Ne risero, ma lui sapeva che era una richiesta seria.

Gli disse che avrebbe dovuto informare chi, in quel momento, fosse stato nella sua vita ed aiutarla ad andarsene in tempo.

Il tema della malattia ricorreva nei loro discorsi come una specie di demone, ne parlavano per esorcizzare la morte e le sventure sorridendo ed accadeva quando potevano passare molti momenti avvinghiati con le gambe e con i piedi.

Il posto in cui erano, quando Lucia fece cadere il discorso con finta leggerezza (lei era serissima e lui se ne accorse e al ritorno dal viaggio prese la solita distanza da metabolizzazione), era un maso in Trentino.

Lucia amava quella montagna, quel luogo in mezzo ai boschi, da dove la mattina presto si affacciava con la coperta sulle spalle e respirava un'aria talmente pulita da farle venire mal di testa. Le cose che Nicolò adorava erano la lontananza da tutti, il silenzio e la pace che permettevano di assistere da vicino allo spettacolo del cervo che sostava sotto la finestra della loro camera da letto e degli scoiattoli sui rami. Lucia non amava la neve. Non sapeva sciare quindi evitava, come pure accadeva da piccola, di andare in inverno. Se avesse potuto, avrebbe trascorso quei mesi murata in casa senza mettere piede fuori; la neve era bella da guardare così come il mare da ascoltare ed annusare.

Riuscirono a trascorrere molte primavere in quel posto che pareva uscito da un racconto, il viaggio di lavoro era una scusa valida che si era trasformata in pretesto e bugia. Invece di andare a Torino, si spostavano in auto. Facevano delle lunghe passeggiate, la spesa mano nella mano. Cucinavano e cenavano davanti al camino e leggevano, ascoltavano musica e bevevano quel tanto da essere simpaticamente brilli. Lucia adorava bere pastis.

Erano i loro migliori momenti.

Quando capì che la malattia si faceva strada inesorabile, le tornò in mente quell'antico patto suggellato con la leggerezza della salute e gli chiese di parlare con Bianca, non appena lui avesse capito che era giunto il momento, per convincerla ad assecondare le sue volontà e supportarsi a vicenda quando l'avessero liberata da quel corpo infame.

Persuadere Bianca non fu difficile, avvenne in modo naturale perché non esistevano resistenze connesse al credo religioso che vuole la vita laddove la morte si è già fatta strada e si sconfina nel territorio dell'attaccamento ad una no-vita che è al contempo accanimento terapeutico. C'era sicuramente il dolore di una figlia, ma era più forte il bisogno di garantire a quella donna meravigliosa, che ormai non esisteva più, la dignità che aveva sempre difeso e per la quale aveva lottato ogni giorno.

Fecero assieme ciò che andava fatto, in silenzio, tenendosi per mano ed accarezzando la donna che aveva assicurato ad entrambi serenità, spesso a proprio discapito.

La lasciarono andare via, in fondo non era con loro da un bel pezzo.

Ho la casa zeppa di libri, mi rassicurano. Non ne ho molta cura, non li spolvero quasi mai e sono esposti alla luce che fa lentamente ingiallire le pagine. Sono ordinati per casa editrice, quando non trovo più spazio per altri volumi li tiro giù dagli scaffali e, mentre trovo un nuovo ordine, li sfoglio cercando qualcosa che ho lasciato tra le pagine, per ricordarmi quando li ho letti. Controllo la data, il luogo in cui sono stati comprati e, in questo rituale, sento di fare onore agli insegnamenti del nonno.

In una stanza a parte, c'è la libreria che il nonno ha sistemato personalmente quando ha chiuso il negozio. L'ordine è cronologico. Sono le letture in comune con Lucia, con dediche e sottolineature ed in alcuni ci sono delle scritte a matita.
La camera in cui si trovano è l'unica che non ho ristrutturato quando ho ereditato la casa e mi sono trasferita a viverci con i gemelli. Dalla sua morte sono trascorsi degli anni, prima che potessi andarci ad abitare, però ci passavo intere giornate a pulire, sistemare e catalogare oggetti da tenere e da gettare. Una vita da passare in rassegna.
Tra le sue cose mi riappacificavo ed affrontavo il lutto. Pare che il lutto, anche detto cordoglio, abbia delle fasi.
I miei genitori, dall'alto della loro conoscenza professionale (e nemmeno lontanamente personale), hanno tentato approcci di vicinanza tardiva cercando di spiegarmi che le avrei superate per abituarmi alla sua assenza e tenerlo dentro di me. Mi hanno

conosciuta poco, mi conoscono poco, certamente meno di Nicolò e Lucia, che avevano ben chiare le mie strategie di sopravvivenza. Se mai si fossero accorti che non sono capace di piangere in generale ma che, per la sua morte, avevo rotto gli argini e pianto tutte le lacrime del mondo, si sarebbero resi conto che in quel gesto avevo dato il senso epistemologico al termine lutto. Bastava rispolverare le loro abilità professionali per applicarle a me, se solo mi avessero conosciuta.

Stare tra i libri del nonno era una risorsa. Toccare le sue cose e cercare tra i suoi ricordi mi consentiva di tenerlo vicino. La lettura me l'aveva insegnata lui e leggere mi faceva, e mi fa sentire, libera dalle mie preoccupazioni, mi assento dalla mia vita mentre entro nelle storie. Preferisco i romanzi per questo motivo e li immagino come se fossero film (non guardo mai film tratti da romanzi che ho letto). Quando è morto ero incinta e mi sono catapultata in una dimensione parallela, rileggendo ciò che mi aveva suggerito nel tempo.

Sono stata una ragazza fragile, ipersensibile ad ogni emozione. Emotiva e bisognosa delle attenzioni affettuose che ricevevo dal nonno. Lui conosceva questo mio aspetto e sapeva che le spalle larghe ed il coraggio che tutti vedevano in me, non erano autentici. Ero insicura, temevo gli abbandoni e mi proteggevo cercando di apparire forte, sfrontata e menefreghista. Odiavo

piangere davanti agli altri, lo facevo da sola. Mi vergognavo delle mie lacrime ed avevo pudore dei miei sentimenti per cui ero la perfetta confidente per gli egocentrici che mi raccontavano tutto senza la fatica di dover ricambiare il favore di ascoltarmi.
Il nonno ed in seguito Lucia accoglievano ed assecondavano, senza mortificarmi, questa dicotomia del mio carattere.

Quando avevo quindici anni, un'auto mi investì mentre attraversavo la strada davanti il negozio. La macchina mi colpì lateralmente. Volai dal lato opposto della carreggiata e il guidatore, che veniva da quel senso di marcia, ebbe la prontezza di frenare e portarmi in ospedale. Il nonno vide tutto dal bancone e restò pietrificato, incapace di muovere un solo muscolo per la paura di sapere che ero morta tragicamente come il suo amico. Riportai delle piccole fratture ed escoriazioni in tutto il corpo che mi obbligarono a trascorrere il periodo estivo chiusa in casa. Il nonno passò quasi tutto il tempo libero a farmi compagnia. Ero sola, i miei amici non vennero a trovarmi se non rare volte e quella che credevano forza e noncuranza, li allontanò lasciandomi l'amaro in bocca. Al ritorno a scuola, ero suscettibile ed attenta ad ogni sguardo superficiale ed una mattina scoppiai a piangere, vergognandomi a morte. Decisi che non mi sarei concessa altri sfoghi e manifestazioni di debolezza.

Leggere, da adulta, le pagine scritte da Lucia mi diede calore, le sue parole ed i suoi sentimenti risuonavano dentro di me. Come me, desiderava essere amata e tenuta stretta ma, nel timore di pesare sugli altri e subire un distacco, si autogestiva creando relazioni in cui la sua cura si trasformava in elemento indispensabile all'equilibrio degli altri che ritornava in forma di sicurezza di sè.

Generava dipendenze per impedire gli abbandoni.

Per questa ragione, custodì muta il segreto dell'abbandono annunciato da un marito già poco presente che, per inseguire una carriera diplomatica ed una gonna giovane, andò via da casa. Non fece capire nulla al nonno per non rendere ìmpari e sbilanciata la loro relazione. Credeva, a ragione, che saperla sola gli avrebbe fatto percepire un senso di responsabilità nei suoi confronti e lo avrebbe messo in crisi vedendola libera di potersi dedicare esclusivamente al loro rapporto.

La paura di condizionarlo e scombussolare le sue scelte le impedì di confidarsi. Restò madre e la figlia rappresentava comunque una famiglia di cui occuparsi e da tutelare.

La considerava un'omissione d'amore di cui parlò solo quando la nonna morì chiedendogli di non aspettarsi dettagli e spiegazioni. Il nonno ne prese atto e lo catalogò come l'ennesimo gesto di dedizione e sacrificio, compiuto per non perdersi.

Quando Lucia morì, Nicolò rimase smarrito, pareva disorientato. Lasciò trascorrere qualche mese prima di prendere in mano le loro parole ed in quella circostanza capì che era arrivata la stagione della pensione. Solo dopo aver sbarazzato il negozio si dedicò alla lettura dei diari, dei biglietti e riprese a sfogliare le pagine dei loro cammini comuni deciso a mantenere la promessa che le aveva fatto.

Sistemando casa, trovai una scatola di latta con diverse foto di paesaggi ed una sola che lo ritraeva con Lucia. Che cosa rara e strana se si pensa che abbiamo le case inondate da ritratti della nostra infanzia ed i cellulari intasati di scatti che immortalano qualunque banalità.
Quella era un'immagine preziosa per me, un regalo ed una conferma.
Una fotografia in montagna, tra gli alberi di mele. Non sono in posa, probabilmente era parte di un servizio realizzato in occasione di una sagra di paese alla quale avevano partecipato come spettatori casuali.
Era l'unica immagine che rimaneva di Lucia e del nonno, l'ho incorniciata e appesa all'ingresso di casa.
I luoghi, invece, erano moltissimi. Tutti i posti descritti nei diari, tutte le vacanze fatte erano immortalate in immagini stupende sicuramente scattate da Lucia. Rintracciavo nei soggetti e nella scelta delle inquadrature una continuità con il

suo senso estetico ed un isomorfismo con le sua parole e descrizioni.

Ho desiderato viaggiare in quelle cartoline, vedere di presenza l'ambientazione di quei racconti, degli aneddoti e delle atmosfere di cui avevo letto.

Torino è una città che non conosco o meglio che non conoscevo, prima che diventasse uno dei loro luoghi. Era solo la città della Fiat, dei Subsonica e del mio amico Alessandro.

Era giunto il momento di visitarla, fotografarla per il nonno e fargliela rivedere.

Me ne sono innamorata, è romantica e malinconica. Ricca di storia e di poesia, perfetta per amarsi e tenersi stretti.

Dalla mia camera d'albergo vedevo, sullo sfondo, le tegole dei tetti intorno ed il Po.

Una delle mie tappe fu un locale storico a Piazza Vittorio. È sempre uguale, arredato con mobili antichi ed usurati, poltrone e divani logori e deformati, i pavimenti di legno un poco sconnessi. Quando entri ti senti avvolto dagli odori della cucina, dei piatti profumatissimi. Ti viene fame, all'istante.

Le cene piemontesi sono state un classico delle preparazioni del nonno e di piatti che ho imparato a creare con lui e riproporre a casa mia. Quella passione per la cucina tipica aveva qualcosa di inusuale per un uomo del meridione, si trattava di un altro piccolo rito di vicinanza a Lucia con la quale aveva scoperto alcune prelibatezze ed era una maniera per creare una sorta di continuità tra loro due e me.

Andavo pazza per la bagna cauda (tanto carica di aglio da impedirmi una vita sociale per le quarantotto ore successive), mi piacevano gli agnolotti che preparavamo partendo dall'impasto ed il bollito con la salsa verde e le mostarde (mi piaceva bere il brodo dalla tazza, cosa che dovevo fare di nascosto per non farlo innervosire). Quando la carne del bollito era troppa, si passava alla pratica della cucina degli avanzi perché a noi non piacevano gli sprechi.

Il nonno e Lucia si incontravano a Porta Nuova, fuori dalla stazione, viaggiavano su vagoni diversi.
Senza dirsi una parola, si abbracciavano forte e si incamminavano verso la casa in cui, per anni, hanno trascorso quelle giornate. Facevano dei tratti a piedi sotto i portici e poi prendevano il tram.
La casa era dell'editore di Lucia, un'editrice per la verità che non aveva mai fatto domande. In quelle occasioni, concordavano di prendere un caffè, parlare di lavoro per togliere entrambe dall'imbarazzo, dando una forma ufficiale al suo soggiorno torinese. Le faceva trovare le chiavi in portineria, il frigo pieno, dei vinili e del vino, che abbinava per personalità alla musica, e

dei fiori di campo. Sapeva senza conoscere i dettagli e tifava per questo amore, aiutandolo nelle atmosfere.

Era una mansarda che si trovava sul lungo Po, vicino al Parco del Valentino. Quel verde cittadino piaceva ad entrambi per camminare ed improvvisare pic-nic a base di formaggi e canapè di tutti i tipi. Se capitavano delle giornate uggiose, restavano a casa tra letto e divano, uscivano solo per procacciare cibo ad uno dei mercati rionali di San Salvario.

Le foto di quella zona, scattate in quegli anni, sono molto diverse da ciò che ho visto io. E' un quartiere che mi ha affascinato moltissimo, multietnico e variopinto. Sono riuscita ad imbucarmi ad alcuni concerti organizzati in case private ed in associazioni. Avrebbero adorato questo genere di cose se avessero potuto viverle con me.
Al nonno piacque molto rivedere la città nelle mie polaroid e, nonostante si fosse trasformata, riuscii a riportarlo indietro, ad emozionarlo e a rievocare ricordi non scritti.

L'altra tappa del mio pellegrinaggio era il Trentino, in particolare il paese in cui venne scattata l'unica foto che ritraeva lui e Lucia ed il maso dove avevano trascorso molte vacanze.
Se Torino fu semplice da ripercorrere negli spazi pubblici (la mansarda, benché mi fossi interstardita per vederla, mi fu

preclusa dall'assenza di un aggancio in vita), il maso fu complicato e mi dovetti ingegnare per potervi mettere piede.

Dovetti sfruttare la catena degli affetti che arrivava al nonno partendo da Lucia e, sforzandomi di superare la mia naturale ritrosia e timidezza, chiesi aiuto a Bianca.

La mia ostinazione è capace di farmi andare oltre alcune rigidità caratteriali, giusto per il momento utile a raggiungere i miei scopi.

Mi raccontano spesso di un episodio di quando ero ragazzina, in cui, pur di avere la bici che desideravo, misi da parte la cifra necessaria e senza avere il consenso andai a comprarla da sola superando il timore di prendere da sola i mezzi pubblici e tornando a casa con la mia bicicletta rossa fiammante ed un orgoglio temerario e sfrontato così palese che nessuno seppe rimproverarmi per quell'atto di ribellione. Si chiamava Cinzia.

Contattai Bianca che, dopo la morte di Lucia, era assidua presenza nella vita mia e del nonno e le chiesi che ne fosse stato di quella casa. Spiegai soltanto che avevo in programma di andare in vacanza in Trentino e cercavo un appoggio. Seppi che Lucia l'aveva lasciata in eredità ai suoi unici nipoti, Pietro ed Angelica e, secondo la madre, non avrebbero avuto alcuna difficoltà a consegnarmi le chiavi per soggiornare lì.

Ebbi un piccolo moto di gelosia ed invidia, lo devo ammettere. Mi sentivo una nipote ma senza vincoli di sangue e volevo un pezzo di quel posto. Era un pensiero stupido, ne ero cosciente, soprattutto quando ricordavo che, pur non dovendomi nulla, avevo ereditato il suo materiale per dipingere, moltissimi bozzetti e dei quadri meravigliosi, senza contare l'essere stata eletta come depositaria della storia che racconto.

Fu Pietro a rispondere per primo al mio messaggio, sua sorella non era interessata a quelle montagne contrariamente a lui che amava il bosco ed i suoi sentieri e che passava in quella casa parte dell'autunno e della primavera.

Pietro è il regalo che il nonno mi ha fatto, un dono postumo messo sul mio cammino nel periodo più doloroso della mia vita. Postumo perché scopro la bellezza di questo ragazzo dopo anni in cui avevo coltivato per lui e la sorella un'antipatia assolutamente ingiustificata. Non avevo traccia di loro nella mia memoria infantile eppure ci avevano fatti conoscere e giocare. Avevano passato, come me, del tempo con i nostri comuni nonni legandosi e creando ricordi che avevo potuto leggere.

Li odiavo, li invidiavo per la fortuna di avere avuto una nonna ai miei occhi perfetta ed avevo trovato una giustificazione legittima a questi sentimenti in occasione della malattia di Lucia. Non si fecero mai vedere, non ne avevo notizie e non avendo celebrato alcun funerale (per volontà di Lucia), non li incontrai mai.

La loro latitanza mi era utile, alimentava e dava senso all'immagine di nipote perfetta che mi ero cucita addosso.

Ricevere la richiesta di farli venire a casa del nonno quando si ammalò, mi fece innervosire, dissimulai in modo maldestro. Normalmente, ero una professionista della camuffamento emotivo ma questa mia arte con Nicolò non aveva terreno fertile e si accorse immediatamente che storcevo il naso, distogliendo lo sguardo e iniziando a rispondere lapidaria e a monosillabi.

Quando sono alterata da qualcosa cambia pure il mio modo di digitare ed inviare i messaggi, chi mi conosce se ne rende conto e Pietro ne ha fatto lunga esperienza.

Dovetti cedere e giustificare il mio disappunto cui seguì un cazziatone per il mio giudizio superficiale ed immotivato e la sua spiegazione in difesa dei nipoti del cuore (che nervoso, pure il nonno legittimo volevano 'sti due cretini!).
Lucia non intendeva renderli partecipi.
Dopo la diagnosi chiese al nonno e a sua figlia di non coinvolgerli nell'assistenza e di non informarli. Voleva risparmiare loro la trasformazione della sua persona, che avrebbe potuto rendere inaccessibili i ricordi felici. Scrisse due lettere da consegnare a Pietro ed Angelica per giustificare la loro esclusione e difendere chi aveva avallato la sua scelta.
Dovetti mostrarmi solidale con i nipoti, erano stati protetti ma si erano persi molto tempo con Lucia che io invece mi ero goduta fino alla fine. Nella mia visione delle cose, avevo vinto io. Ridimensionavo la mia antipatia continuando, tuttavia, a non essere ben disposta verso i due.

Pietro è il padre dei miei figli, i gemelli.

Si distinguono con facilità essendo di sesso diverso, di colori, lineamenti e caratteri diametralmente opposti ma per semplificare, quando mi chiedono di loro, tutti e ripeto tutti, li rendono una cosa sola appellandoli "I gemelli".

Lo avrò fatto sicuramente anche io, con altre coppie di bambini nati uguali, però adesso che riguarda i miei la cosa mi disturba non poco. È come se non si volesse fare lo sforzo di nominarli e conoscerli, rappresenta il modo superficiale di approcciarsi alle persone di cui il nonno mi ha insegnato a diffidare.

I nostri figli portano il nome di chi ci ha dato l'occasione per incontrarci.

Nicolò e Lucia sono i bambini che abbiamo avuto e che il nonno ha potuto vedere solo in un'ecografia perchè poco tempo dopo ci ha lasciati.

La nostra storia nasce sotto l'ala di protezione del nonno, con il suo sguardo carico di amore e sollievo nel vedere due persone amate scambiarsi amore.

Pietro mi fece avere le chiavi di casa, dato ogni indicazione possibile per muovermi in paese e godermi la mia vacanza. I nostri scambi avvennero solo tramite chat, nessuna telefonata.

Durante il mio soggiorno diventò il mio solo interlocutore, l'unico compagno di viaggio (sebbene solo virtuale) nella ricostruzione della memoria dei nostri nonni.

Fu spontaneo passare dai consigli, ai convenevoli, allo scambio di aneddoti sui posti in cui Pietro trascorreva molto tempo. Mi piaceva scrivergli, aveva un bel modo di rispondere e mi metteva a mio agio, così attaccavo bottone costantemente.

Potrei dire che, pur non essendo fisicamente con me, mi fece da guida in ogni momento e sentirsi si trasformò in consuetudine quando tornai alla mia vita, al nonno ed al lavoro.

La chat rende fluidi i rapporti, facilita le confidenze e consente a due persone di creare un legame che ha qualcosa di intimo a dispetto dell'assenza di fisicità.

Di quelle conversazioni ho conservato tutto, mai cancellato nulla dalla cronologia del telefono ed ogni tanto mi capita di rileggere alcune cose alla ricerca di conferme su questo rapporto e la sua fondata solidità. Mi stupisco di come mi sia resa disponibile ad un contatto autentico quasi immediatamente, impostando una confidenza naturale ed intima con uno che era un perfetto estraneo anzi qualcuno verso cui avevo provato sentimenti ambivalenti quasi mai positivi. Non so se sia dipeso dalla sua simpatia e dal suo modo gentile ma mai stucchevole o da una mia e sua predisposizione d'animo. Sia come sia, me lo ritrovavo nella testa e nella pancia in forma di sfarfallìo, desiderio e buon umore, esito incredibile per una come me, da sempre, chiamata "buongiorno tristezza" e, nelle giornate peggiori, "lievito e grevianza".

Aprivo gli occhi cercando sul comodino il cellulare, sperando di trovare un messaggio ed andavo a letto la sera con una voglia incredibile di avere sue notizie. Non avevo resistenze nel cercarlo, nessun pudore o timore. Era chiaro che entrambi attendevamo il momento per poterci sentire e raccontare le giornate, smettendo di contabilizzare i turni di chi scriveva per primo.

Io, che normalmente usavo il telefono per comunicazioni di servizio e senza sentirmi ossessionata dai social o dalle chat, mi ritrovai ad averlo incollato addosso e a sussultare ad ogni suo segnale.

Per qualche mese andammo avanti così, senza voce e senza corpo, scoprendoci e svelandoci attraverso la musica, i film, le stupidaggini che ci facevano ridere e le cose che ci mettevano tristezza. Percepivo un sentimento nascente, una spinta ed una frenesia che chiedevano concretezza, volevo conferme sull'immagine che mi ero creata e temevo restarne delusa o deludere rischiando di perdere quella sensazione di calore e felicità che accompagnava le mie giornate.

Credevo di non essere capace di provare gioia, di donarla, di meritarla e più di ogni cosa temevo di non poter sopravvivere ad una perdita.

Volevo, per una volta sciogliermi in un sentimento d'amore.

Avevo sempre amato poco, preteso ed ottenuto il controllo dell'altro. A pensarci bene avevo più che altro amato l'idea dell'amore, creato condizioni propizie ad un innamoramento che svaniva lasciando strascichi e ferite.

Mi spaventavano gli abbandoni, per evitarli non creavo legami duraturi o investimenti affettivi pericolosi ma innescavo dipendenze illudendomi di ottenere più potere.

Credevo di essere libera dalle catene delle passioni, mi ero convinta che solo in questo modo potevo proteggermi.

Ancora oggi mi chiedo se la nostra storia sia stata prima immaginata e poi resa possibile da me, per la suggestione creata dalla circostanza in cui abbiamo iniziato ad avvicinarti.

Portai al nonno le foto del Trentino una mattina in cui era previsto un day hospital per un controllo ed avevo deciso di accompagnarlo e restare in reparto con lui.

Avevo stampato le foto da qualche settimana (stampo periodicamente le fotografie che mi piacciono per fissare nella memoria momenti e periodi) ma scelsi quella giornata per alleviare la fatica, la stanchezza e tutte le tensioni che accompagnano queste circostanze. Spesso, più della malattia, quello che avviliva il nonno erano i burocrati, le sale d'attesa, la scortesia di alcuni operatori che lo chiamavano con la sua patologia e mai per nome ed il tempo che sentiva di perdere a causa della disorganizzazione generale che regnava in quell'ambiente.

Strategicamente, appena messo piede nella stanza che gli avevano assegnato, tirai fuori dalla borsa la busta con le foto. Le ore, tra un consulto e l'altro, trascorsero.

La prima cosa che chiese fu come avessi fatto ad entrare in quella casa. Bianca non gli aveva raccontato niente della mia richiesta e, a quanto sembrava, neanche Pietro lo aveva fatto nelle sue quotidiane telefonate.

Appena gli spiegai chi fosse stato ad aprirmi le porte e farmi da cicerone, impostò un ghigno ridicolo, rimproverandomi in tono semiserio che gli avevo tenuta nascosta questa frequentazione perchè ero troppo ostinata da ammettere che avesse ragione lui.

Ok, aveva ragione lui.

Pietro mi piaceva. Non conoscevo il suono della sua voce, né che aspetto avesse e neanche come si muovesse. Sognavo davvero di incontrarlo però ero bloccata.

Come chiedere o in che modo creare un'occasione senza espormi troppo?
Giocai la carta del messaggio inviato per errore, piccolo stratagemma per sondare il terreno nel dubbio di ricevere un rifiuto.
Il mio trucchetto funzionò.
Inviai una mail alla sua posta allegando un biglietto omaggio per un concerto, accompagnato da un messaggio chiaramente rivolto ad un'altra persona. Stetti sulle spine tutto il pomeriggio e la sera mi rispose dicendo che era un vero peccato che avessi sbagliato destinatario e che mi avrebbe fatto compagnia volentieri.
Mi sentivo audace come un condottiero. Non so come non abbia capito che era tutto calcolato (o forse lo ha sempre saputo), gli diedi appuntamento davanti il locale in cui si teneva il concerto.

Non ci andammo, il nostro incontro fu schifosamente emozionante. Mi vergogno quasi a raccontarlo ed infatti tralascerò, ma la sua fisicità, la sua voce, il suo odore ebbero presa su di me tanto quanto le parole.

Non trovai conferma nell'immagine che mi ero fatta di lui, non era per nulla come lo avevo nella testa.

Non so se fosse meglio o peggio, era reale e questa era la sostanza.

Pietro aveva una bellezza non comune, non somigliava a nessuno della sua famiglia e di suo padre non avevo mai visto neanche una foto. Un giorno mi cadde l'occhio su un ritratto appeso nel suo studio e riconobbi immediatamente Lucia. Era giovane, bellissima. La versione ragazza della donna matura ed affascinante che avevo conosciuto io ma con uno sguardo diverso da quello a cui mi ero affezionata. In quella foto, in cui poteva avere circa vent'anni, pareva una giovane donna smarrita e fragile. Qualcosa nella sua postura mi dava la sensazione che volesse apparire adulta e fiera ma che, al contrario, l'immagine che mi rimandava era di insicurezza. Probabilmente, l'uomo che le stava al fianco, contribuiva a rendere il suo aspetto tanto insicuro. Quello che le passava un braccio sulle spalle e che somigliava in modo lampante a Pietro era il marito di Lucia. Si chiamava Valentino, era un uomo elegante e carismatico. Colto, seduttivo nei modi, aveva voluto sposare Lucia, più piccola di dieci anni, per la tenerezza che il suo temperamento gentile ma sfuggente gli aveva suscitato.

Davanti a quella foto chiedo a Pietro di raccontarmi tutto ciò che sapeva di sua nonna, quella parte di vita che Nicolò non aveva mai avuto occasione di dire probabilmente perchè lei, per proteggerlo dalla sua storia, non aveva condiviso.

Lucia non aveva avuto una famiglia tradizionale, si potrebbe dire che era stata cresciuta da diversi adulti tiepidamente affettuosi che, nel corso della sua vita, avevano tentato in ogni modo di riparare al vuoto dell'abbandono vissuto quando sua madre era improvvisamente andata via da casa ed il padre, fuori di senno per la vergogna ed il dolore, si era arruolato. Aveva sei sorelle più grandi che, assieme ad una coppia di zii (un fratello ed una sorella, non due sposi), si presero cura di lei che divenne mutacica e trasparente per timore di dare fastidio ed essere messa in un Istituto come accadeva frequentemente agli orfani.

Le sorelle le avevano raccontato della mamma, dato versioni contrastanti e molto distanti di come avesse interpretato il ruolo di madre e del legame con il padre. Lei non aveva alcuna memoria di come fossero stati i suoi genitori, ciò che ricordava perfettamente era il trasloco dalla sua cameretta, nella casa di famiglia, alla casa degli zii. Solo lei si era trasferita lì, le altre avevano preso strade diverse e scelto di mettersi alle spalle il passato con la promessa di tornare a prenderla una volta trovata una sistemazione migliore. Quel giorno non arrivò mai.

Lucia aveva vissuto, dopo la separazione dai suoi, in diverse case che i clienti insolventi dello zio architetto davano in usufrutto. Questo la faceva sentire senza radici, continuamente spostata da un appartamento all'altro, perdendo pezzi e aggiungendone altri. Cambiare casa comportava il continuo riadattamento ai nuovi compagni di classe, agli insegnanti, al quartiere.

Questo nomadismo l'aveva resa versatile, capace di stare sola. Nell'interpretazione infantile della sua solitudine aveva ricostruito una vicenda che la vedeva immeritevole di amore e cure, se genitori e sorelle avevano intrapreso cammini che non la prevedevano, la colpa non poteva essere altro che sua. Rendeva tutto comodo per gli altri con il suo buon carattere ma dentro di sé sentiva il malessere di chi teme costantemente di non essere all'altezza, di valere poco. Invece era un'esplosione di bellezza, di capacità, di risorse che facevano di lei una persona deliziosa da guardare, interessante da sentire e che volevi avere accanto.

Suo marito l'aveva incontrata a Milano, dove lei era andata a vivere dopo la scuola, e vedendola passare ogni giorno, le si era avvicinato corteggiandola in modo galante e garbato. Lei abitava, in quel periodo, a casa della sorella maggiore che si era sposata poco dopo la fuga della madre e l'eclissi del padre per esaurimento e vergogna sociale.

Quelli che tutti credevano essere i suoi genitori, e che lei tendeva a presentare come tali, erano due zii per parte di padre che avevano deciso di occuparsi di lei riempiendo così i loro vuoti generativi. Erano entrambi reduci da separazioni e lutti e Lucia rappresentava per loro l'ultima occasione di investire l'amore e le attenzioni che non potevano più riversare sugli amati amori impossibili (per morte e per viltà).

Nel paese del nonno, la famiglia di Lucia era considerata strana anche solo per l'essere un insieme di persone provenienti dal nord, di cui non si poteva ricostruire la vicenda familiare, intrecciando parentele con gli alberi genealogici locali. Erano forestieri ed in quanto tali oggetto di curiosità e di miti però, allo stesso tempo, di quella forma di rispetto che si porta a chi vive circondato da qualche mistero.

Erano approdati nel paesello quando Lucia doveva andare in prima media perché lo zio Franco era stato assunto presso una grossa ditta che aveva avuto l'appalto di ricostruire quanto la guerra aveva distrutto.

La casa in cui visse in quegli anni ed in cui tornò decenni dopo è stata la prima a sentire sua e da cui si allontanò per andare a studiare a Milano dove, giovanissima, si fidanzò sperando che qualcuno la potesse amare senza proiettare su di lei i propri bisogni.

Lucia era stata accudita, con senso del dovere, ma con sentimenti interessati, dato che la sua esistenza serviva a compensare i buchi altrui. Aspettative non soddisfatte, bisogni di realizzazione, desiderio di rivalsa erano proiettati sulla sua persona e lei cercava di essere versatile mentre inseguiva una via di fuga da questo mondo di relazioni coartate. Realizzare la sua ambizione artistica, in un tempo in cui le ragazze avevano come esclusiva opzione per la riuscita personale l'accasamento, rappresentò il primo autentico atto di allontanamento.

Sfruttò la presenza di sua sorella in città per iscriversi ad un corso di pittura e quando incontrò il marito, che voleva prendersi cura di lei lasciandole coltivare il suo sogno e la assecondò dalla sua posizione, lei colse l'occasione al volo. Non era ancora capace di affidarsi all'amore, di mettere il suo cuore nelle mani di un altro essere umano però desiderava una forma familiare, una certezza affettiva ed una persona solida che le camminasse accanto.

Valentino adorava la sua giovinezza, la natura sfuggente e aveva colto presto il desiderio di essere vista, guardata e risarcita. Lucia aveva amato ciò che offriva, l'immagine di sé che lui le rimandava ed il suo fascino. Tuttavia non si era trattato di amore.

Ciascuno di loro aveva trovato un equilibrio ed una convenienza, lei un'occasione di svincolo e crescita e lui un nuovo fiore all'occhiello da sfoggiare per fare carriera.

Avevano vissuto una vita in armonia, senza grandi struggimenti e drammi fino a quando, non accettando e non perdonando al suo corpo di invecchiare, il marito devoto decise di andare via da casa per conquistare una donna ancora più giovane, lasciando Lucia a crescere Bianca e con il tacito accordo che non fosse conveniente dichiarare a nessuno lo stato delle cose. Bianca pensava fosse in viaggio, lui la manteneva e trascorreva il tempo necessario con lei. Non era un dramma, Lucia non lo aveva vissuto in questi termini ed, al contrario, si era adattata alla nuova situazione con rinnovato e primigenio senso di autentica libertà che l'aveva ricondotta nel paese della sua infanzia, nella prima casa in cui aveva abitato e nel suo quartiere dove tornava, ancora una volta, avvolta dal mistero intorno ai suoi legami familiari.

Tutto sommato quel distacco era nell'ordine delle cose, faceva parte delle previsioni realistiche di Lucia basate su un fatto inconfutabile: le coppie non sono durature, i più rimangono insieme perchè più facile restare che destrutturare ma vivono in un limbo di ricordi e a volte rimpianti e nella memoria di ciò che si era. La gente ti abbandona, se ti leghi resti solo ma se assumi la forma dell'altro, se impari ad adattarti, se diventi indispensabile, pur soffrendo, controlli con la tua dedizione il cuore di qualcuno che prende e, talvolta, riesce a dare. Nicolò era quello a cui aveva scelto di dare ogni attenzione, ogni forma di amore perché aveva scoperto la sua fragilità e voleva prendersene cura.

Alcuni rapporti nascono da un equivoco di fondo, dall'innamoramento per la lusinga di essere e sentirsi amati. Crescono nella culla del pensiero altrui, nella piacevole sensazione di sapere che c'è quel qualcuno che si cura di noi, del nostro benessere e si prodiga in ogni maniera per garantire che accada.

Avviene che si corrisponda con affetto ad un amore con un sentimento sbilanciato che occulta emozioni non corrisposte e tutto ciò, nel tempo, verrà a galla.

Lo svelamento di questo inganno inconsapevole comporta dolore e turbamento ed il bisogno di poter recuperare o trovare altrove qualcuno o qualcosa che ci restituisca quella sensazione e che stavolta possa essere autentica.

Quando sono rimasta incinta dei bambini non ho avuto un attimo di dubbio sulla scelta che avrei fatto. Li desideravo e, nel momento in cui gli occhi mi sono caduti sul test di gravidanza positivo, ho avuto l'immediata vampata di emozione che anni prima mi aveva descritto Lucia.

Era accaduto tutto rapidamente, era un rapporto immaturo ma spontaneo e naturale che si doveva confrontare troppo presto con una responsabilità enorme che avrebbe stabilito un legame imperituro. Questo mi creò timore, restai in silenzio per una settimana intera. Evitante, come solo io sapevo essere, mi ero tappata in ambulatorio inventando una serie improrogabile di interventi che avrebbero lasciato supporre stesse arrivando l'apocalisse degli animali domestici cittadini.

Pietro mi cercava con garbo, con la sua tipica discrezione e delicatezza che mi davano sicurezza (negli anni tuttavia ha anche avuto l'effetto di urtarmi per la troppa calma) così dopo una settimana esatta lo convocai per dargli la notizia e comunicare la mia decisione.

Senza fronzoli, né poesia glielo dissi davanti casa del nonno.

Non proferì parola, mi prese in braccio e mi baciò.

Quello che volevamo entrambi era di coltivare la nostra relazione, comprendere bene i nostri sentimenti e capire in che maniera incastrare due vite tanto diverse per non invadere e scombussolare i rispettivi spazi e tempi.

Amavo qualcosa in Pietro, lo credevo e volevo preservare e comprendere bene queste sensazioni.

Ho capito nel corso del tempo, nello scorrere della mia vita e nel passaggio di persone e situazioni, che tutti i fallimenti e le delusioni che si erano stratificati dentro di me avevano lasciato una traccia ed era su questa che potevo guidare e dare una direzione al mio rapporto con lui.

Il nonno è stato il primo a ricevere la notizia, glielo dissi da sola per cogliere nel suo sguardo la verità su ciò che pensava. Nonostante la confidenza, nonostante per anni avessi condiviso esperienze importanti, mi sentii sopraffatta dal pudore e dal timore così, piuttosto che annunciare apertamente, gli misi in una busta il test e canzonandolo come piaceva a lui gli dissi "ai tuoi tempi c'era questo aggeggio di stregoneria?!".

Si mise a ridere e mi disse "Cretina" ma gli occhi vennero avvolti da un velo di lacrime ed insieme cominciammo a ridere e piangere. Confusi e felici, come nella canzone.

Non fu necessario specificare la paternità e per lui fu indispensabile anticiparmi le sue volontà e leggere quell'evento straordinario della mia vita come un segnale che il suo tempo stava per scadere e che la mia pancia crescendo avrebbe scandito il suo ultimo periodo.

Eravamo nella sua libreria, il piccolo mondo domestico in cui avevamo ricreato "Il segnalibro" e in quella stanza mi comunicò di farmi dono della sua casa.

Sarebbe stata mia, sarebbe stata quella in cui crescere questo bambino come meglio avrei potuto.

Mi fece promettere di circondarlo di libri, musica e pensieri liberi. Di cullarlo nella stanza in cui eravamo in quel pomeriggio e, di quell'ambiente, non avrei dovuto spostare un ago. L'unica cosa la fece aggiungere lui, come regalo di nascita: una sedia a dondolo dove cullare e leggere per me.

Nella sua casa sono entrata molto tempo dopo la sua morte, dopo la nascita di quelli che furono due bambini e non uno ed entrai da sola con i miei figli.

Il mio appartamento era piccolo, perfetto per me ed il gatto ma non molto adatto ad accogliere un altro adulto ed una donna in espansione gravidica. Nonostante questo decisi di trascorrere la mia gravidanza tra casa mia e quella del nonno, almeno fino a quando visse.

Furono otto mesi impegnativi, spesso carichi di preoccupazione per le continue minacce di aborto che si presentavano ciclicamente. Dovevo stare a riposo e questo comportava l'avere addosso le attenzioni di tutti.

Passavo molto tempo sulla poltrona accanto al letto del nonno, leggevamo e guardavamo foto e film. In realtà, lui spesso cadeva in uno stato soporoso (specialmente negli ultimi tempi) ma io avevo deciso che certamente mi ascoltava quindi rimanevo con lui.

Pietro era premuroso, attento ma non asfissiante, aveva un temperamento che si adattava al mio modo di stare al mondo, aspetto fondamentale considerato che provenivamo da realtà davvero distanti che dovevamo scoprire come potessero convivere.

Quando doveva ripartire per lavorare chiedeva a sua madre di "buttarmi un occhio" con discrezione, giusto per vedere se proseguisse tutto bene.

Mi piace ricevere attenzioni ma devono essere commisurate al mio stato d'animo e alla mia predisposizione ad accoglierle. Non sono lineare, non è semplice starmi accanto perché mi capita spesso di avere sbalzi d'umore tali da stravolgere nell'arco di poche ore il mio atteggiamento. Pietro aveva una sensibilità raffinata che lo soccorreva in queste circostanze e lo rendeva fluido e disponibile nei confronti dei miei bisogni. Eravamo una coppia in rodaggio messa alla prova da una gravidanza inattesa e, per non farci mancare nulla, a rischio. Pensavo, tenendo per me questa riflessione, che se avessimo trovato in quei mesi la giusta distanza, senza fuggire, avremmo potuto affrontare una vita insieme.

I miei genitori, sbigottiti per mesi dal non lieto evento, presero le doppie distanze da me e da quanto mi circondava ovvero dalla mia pancia enorme e dalla terminalità del nonno che mio padre, come per la nonna, non sapeva affrontare.
Passava a trovarlo spesso e rimaneva pochi minuti. La sua angoscia era tale che il nonno mi diceva di sollevarlo da questo strazio perché non era nella sua natura reggere la vista della malattia fisica e tangibile. Era abituato ed avvezzo ad occuparsi delle nevrosi degli estranei, dei drammi che non lo toccavano. Vicino a chi amava e vedeva soffrire andava in frantumi.

Avevamo due case, le aspettative degli altri premevano perché ne scegliessimo una definitiva in cui andare ad abitare e crescere i bambini però rimandavamo continuamente la discussione sul tema, ciascuno convinto che non fosse necessario ed obbligatorio unire tutto in un solo luogo.

Eravamo innamorati, contenti anche se frastornati dalla novità, desideravamo essere uniti, senza dircelo, sapevamo entrambi che ciascuno avrebbe dovuto mantenere uno spazio personale che comprendesse una casa in cui potersi ricaricare e ritirare all'occorrenza.

Il nonno morì poco dopo aver saputo che aspettavo due bambini, un maschio ed una femmina ed aver sentito che avrebbero portato il suo nome e quello di Lucia. Mi disse, commosso, che era come se l'unione di questi nomi potesse realizzare la concretezza di una stupenda storia di amore ed amicizia.

Nei giorni che seguirono la morte mi sentivo senza una forma, ero smarrita e frastornata. Era andato via serenamente, c'eravamo io e Bianca. Avevo scelto di non chiamare i miei genitori, se non a cose fatte, e credo che di questa scelta mio padre mi sia stato tacitamente grato.

Il nonno, come Lucia, non volle funerale e di questo io fui grata a lui perchè non avrei retto e tollerato i rituali di lutto e cordoglio, i baci, gli abbracci e la visibilità a cui la morte obbliga chi rimane.

Cercavo pace, mi serviva il mio luogo sicuro, quello in cui trovato conforto con ogni senso disponibile.

La casa del mare dei miei nonni materni era il posto perfetto, in cui avevo vissuto i momenti più spensierati e leggeri e dove volevo trascorrere i mesi di gravidanza che mi restavano da sopportare.

L'odore di salsedine misto ad umidità, quello della terra bagnata, il senso di libertà che automaticamente avvertivo, avevano il potere di farmi abbandonare gli strati di angoscia che percepivo. La sola vista del mare, specialmente in inverno, mi rassicurava ed in quel periodo bramavo conforto da ogni fonte disponibile, tuttavia senza chiedere. Non sapevo, in realtà ad oggi non so, chiedere aiuto e svelarmi fragile.

Permango immobile nel mio convincimento che questo debba arrivare spontaneo da chi mi conosce ed ama, da chi con un'occhiata tocca le mie corde stonate e si impegna, senza dirmelo e farmelo pesare, a farmi suonare la musica che ho dentro.

Nicolò lo aveva fatto per tutta la sua vita ed ora che non era più di questo mondo, ripresi in mano la sua storia per condividerla con il padre dei miei figli.

In questa casetta sul mare, raccontai tutto a Pietro, gli feci leggere i miei appunti ed insieme decidemmo di rendere partecipi i nostri genitori regalando loro un racconto scritto e rilegato.

Leggere, rileggere, scrivere e farne narrazione ci aiutò a visualizzare un futuro possibile, a concentrarci lucidamente su di noi e consentì a Pietro di comprendere, attraverso la descrizione di Nicolò fatta da sua nonna, come sono in parte anche io.
Una lettera di Lucia divenne l'incipit del nostro racconto a quattro mani.

"Il mio sentimento per te, la cura di noi due hanno una consistenza, una solidità, una sicurezza che può proteggere tutti e due dagli attacchi costanti che da più parti attentano alla serenità.

In questo momento, in cui io sono distante per ragioni indipendenti dalla mia volontà e come sempre per accondiscendere ad esigenze altrui, tu sei nella burrasca della tua vita familiare complicata. Ti penso sempre, ti scrivo ogni giorno ma leggerai solo al mio ritorno.

Ho riflettuto su come siamo cresciuti, in segreto e nell'ombra, come coppia. Come abbiamo resistito e trasformato il nostro innamoramento adolescenziale in età matura, in un amore certo. È fatto di rispetto, cieca fiducia, affetto profondo, attenzione e preoccupazione. Vivo emozioni intense e meravigliose solo grazie al pensiero di te, a quello di noi che, sebbene in alcune circostanze, mi procuri sofferenza ha contribuito a creare un legame intenso ed irrinunciabile. Ti ho detto spesso che avere rubato il tempo alle nostre vite, faticato per conoscerci a fondo, per chiarirci, quando abbiamo raramente litigato, conquistare piccoli momenti, ci ha concesso l'onore di dichiararci l'un l'altro nella profondità ed amarci per come siamo veramente senza alcun filtro. La nostra chimica perfetta e la nostra affinità ci hanno permesso di essere quello che siamo adesso. Una coppia di amanti, nell'accezione letterale di persone che si amano, di amici e confidenti. Se vale la teoria dei vasi comunicanti anche nelle relazioni, averti accanto ha portato gioia e mi ha migliorato come persona. Mi hai reso felice e il mio stato d'animo si è riversato su ciò che dall'esterno hanno visto e vissuto gli altri da te".

Ho voluto che Pietro leggesse dalla fine la storia di questo sentimento immenso tra i nostri nonni.

Ho iniziato da qui, dai vasi comunicanti delle relazioni.

Io e lui abbiamo avuto un punto di congiunzione casuale, il rapporto tra Lucia e Nicolò del quale solo io ero a conoscenza dal principio. Questo mi ha sicuramente condizionato, superato l'irragionevole pregiudizio geloso, nell'interesse che nasceva per lui.

Scriverci, come avevamo fatto nel primo periodo, aveva rivelato alcuni interessi e gusti in comune. Ci aveva consentito di raccontarci, senza imbarazzi perché lontani dallo sguardo dell'altro, e di sorridere di noi stessi percependo solo le affinità.

Il nostro incontro vis-a-vis era stato intenso ed emozionante ed aveva svelato l'inevitabile: eravamo diversi da come la nostra fantasia aveva suggerito. Chimicamente affini, ci eravamo toccati e spogliati con una naturalezza unica però provenienti da ambienti distanti.

I nostri vasi comunicanti hanno riversato e scambiato tra noi le nostre variabili.

Ci siamo scambiati gusti musicali, ricette, film, abitudini a volte con piacere ed altre con tolleranza.

Io ho scoperto il suo amore per la montagna facendolo diventare il mio, a piccole dosi ed alla mia maniera e lui ha imparato ad apprezzare la bellezza del mio mare con i suoi colori e odori.

La gravidanza, dentro un lutto che faticavo a metabolizzare, mi ha imposto di rallentare con tutto quello che fino ad allora avevo utilizzato per contenere le mie sofferenze stratificate.
Ho dovuto prendere tempo, concedermi uno spazio di pensiero rivolto ai bambini ed al loro papà ed aprire il mio posto di pace a noi.

Quando sono nati mi sono vista travolgere da premure inaspettate da parte dei miei genitori che, nel primo periodo, alternandosi a Bianca, mi regalavano dei momenti preziosi per stare in solitudine.
Eravamo una famiglia allargata, di quasi figli e quasi cugini.
Mio padre e Bianca, accantonato l'inevitabile imbarazzo legato alla storia tra i loro genitori, si misero a ricostruire gli intrecci e gli scambi nel loro passato.
Il primo anno dei bambini è passato tra la casa del mare e quella di Pietro a Torino, felici ed affaticati. Guardavo questi piccoli alieni e mi stupivo di esserne stata capace.
Come in tutte le mie cose, mi dedicavo a loro e mi piaceva ma devo ammettere di non essermi mai sentita rincoglionita

dall'onnipotenza della maternità e dai super poteri delle mie creature. Credo sia una delle ragioni per cui tra le mamme dei loro amichetti, persino ai tempi del nido, non ho riscosso mai molto consenso. Ho commesso l'ignobile gesto di tornare al lavoro abbastanza presto, consapevole di avere il lusso di poter gestire bestie e bambini senza abbandonare nessuno.

Guardavo Pietro e speravo di potere essere capace di amarlo e di lasciarmi amare e di potermi svelare senza essere asfissiante per lui e senza permettergli di condizionarmi per paura di essere abbandonata.

Ad oggi non ci siamo ancora lasciati.

Viviamo in città diverse per alcuni periodi, abbiamo mantenuto due case ed in ciascuna di queste i bambini hanno i loro spazi e noi i nostri. Non è semplice, però è stata l'unica forma possibile per non costringere uno dei due ad abbandonare per l'altro la propria vita ante coppia. Ci siamo integrati, incastrati ed organizzati come un tetris.

Ci scriviamo sempre delle mail, io le conservo ed un giorno farò sapere ai bambini da dove arrivano e come stiamo cercando (chissà se riusciremo a lungo) di coltivare il nostro amore assieme alla nostra famiglia senza annullarci nell'abitudine perdendoci fino al punto di accusare l'altro di averlo lasciato senza respiro.

La gente guarda con sospetto alla nostra forma di famiglia, io guardo con orgoglio ciò che mi circonda.